Fan
ファン文庫

ご試食はいかがですか？

店頭販売は伊達じゃない

著　迎ラミン

JN190952

マイナビ出版

目次

プロローグ……6
第一章　春～しいたけとプロテイン～……8
第二章　夏～ドリンクと氷～……84
第三章　秋～栗羊羹と酢の物～……141
第四章　冬～ケーキとパン～……196
エピローグ……258

ご試食はいかがですか？

店頭販売は伊達じゃない

迎ラミン

プロローグ

子どもの頃から、ずっと一番だった。

みんなが褒めてくれた。すごいと言ってくれた。

だから思った。

もっと速くなりたい。もっと強くなりたい。もっと。もっと。もっと。

人の先を行く体。人より優れている体。そんな自分につけられたあだ名は、『ミッション・インポッシブル』。この人に勝つのはもはや不可能という尊敬半分、呆れ半分からのネーミングだったらしい。

でも、それで良かった。というより、なんの疑問も抱かなかった。

自分は他と違うから。アスリートだから。

普通の人にあるものが、自分にはなくて当たり前。代わりに、普通の人にできないことができる。普通の人が見られない景色を、見ることができる。

そうして言われるがまま、忠実な兵士のように己を鍛え続けていたあの日。

パキッと、乾いた音がした。

体からだったのか、心からだったのかはもう覚えていない。ただ――。

――もとどおりになるのもまた、不可能《インポッシブル》だった。

第一章　春～しいたけとプロテイン～

1

「いらっしゃいませ！　こちら、チーズの新商品でーす！」

大型のプラスチック皿を手に、一色緑子《いっしきみどりこ》は元気な声で呼びかけた。

名前に合わせているわけではないが、緑色のエプロンにお揃いのバンダナを身に着けた小柄な姿は、童顔も相まって調理実習に勤しむ女子中学生のようにすら見える。

「ただ今、ご試食可能でーす！」

声に反応したお客さんたちが、遠くからも「おっ」という顔で振り返った。スーパーマーケットの夕方らしく、この時間になると食品売り場は特に人が多い。

プラスチック皿の上に並ぶのは、爪楊枝を刺した四種類のカットチーズだ。定番のプロセスタイプにカマンベール、マシュマロのような見た目のモッツァレラ、そしてオレンジ色が鮮やかなチェダーチーズが四×四列で綺麗に載せられた様は、見た目にも食欲をそそる。

「国際農業大学《こくさいのうぎょう》との産学連携プロジェクトで生まれた地元の味、ぜひご賞味くださーい！」

商品のセールスポイントも付け加えたところで、小さな男の子を連れながらショッピングカートを押す、いかにも若奥様という感じの女性が立ち止まってくれた。

「へえ、おいしそう」

「おいしいですよ！　どうぞ、召し上がってみてください」

にっこりと皿を差し出す緑子に、女性からも優しい笑みが返ってくる。

「いろいろあるんですね。ちょっといただいてみようかしら」

「ありがとうございます！　こちらのＰＯＰにあるような成分への、アレルギーは大丈夫ですか？」

「はい、特にないです」

返事とともに女性は、ほっそりした指を一番端のチーズへと向けた。

「この、オレンジ色のは？」

「チェダーチーズです。ハンバーガーとかに、よく入っているタイプですね」

「ああ。火を通さなくても、食べられるんだ」

頷いた彼女が「いただきます」と、そのチェダーチーズを手に取ったところで、緑子は片手を離して同じものをつまみ上げた。

「お子さんも、アレルギーとかはありませんか？」

「ええ、ありません」

笑みを浮かべたまま、女性が頭を下げる。チェダーチーズを手にした緑子が、おとなしく待っていた男の子にも「食べてみる？」と試食を勧めたからだ。

「良かったね、トモくん。チーズ好きだもんね」

「うん。ありがとう！」

名前を呼ばれた「トモくん」も、お母さんの陰からきちんと出てきてお礼を言う。小さくてはしっこそうな姿に、緑子はなんだか親近感を感じてしまった。

「食べ終わったら、楊枝《ようじ》はそこのゴミ袋に捨ててね」

「うん、いただきます！」

やはりきちんと断ってから、トモくんは爪楊枝を受け取った。

「あ、おいしい！」

「おいしー！」

親子揃っての嬉しい感想に、緑子の顔もますますほころんでいく。

自分でも味を確認済みだが、このチーズはどれも贔屓《ひいき》目抜きにおいしいと思う。万人向けのプロセスチーズはもちろん、カマンベールとチェダーもそれぞれの特徴である風味とコクがしっかり感じられるし、癖のないモッツァレラは独特のもっちりとした食感がすばらしく、すぐにでもピッツァやカプレーゼにして食べたくなるほどだ。地元の農業大学が開発した商品なので、昨今流行の地産地消という考えにもマッチしている。

「オードブルとかにも使えそうですね」

「はい。クリームチーズもありますので、召し上がってみますか？」

女性に答えて、緑子は自分の隣にある小さなテーブルを手で示した。爪楊枝を捨てるためのゴミ袋が脇についたそこには、今試食に出した四種類のパックとともに、別の小さな皿も置いてある。皿に並ぶのは、同じメーカーのクリームチーズを塗ったバゲットの薄切りだ。

親子は勧めに従って、再度アレルギー確認をしたあとバゲットもすんなりと試食してくれた。

「へえ。これもおいしいですね。トモくん、どう？」

「超おいしー！」

素直すぎる息子の返事に、女性が口元に手を当てながら聞いてくる。

「今のクリームチーズが切れたら、こっちにしてみようかしら。このメーカー、ずっと売ってるんですか？」

　緑子は、「はい！」と即座に頷いた。

「今週発売されたばかりですから、少なくともしばらくは乳製品売り場にあると思います」

「わかりました。とりあえず今日はチェダーと、あと、モッツァレラもください」

「かしこまりました。お会計は、他の商品と一緒にレジでご清算ください。ありがとうございます！」

　緑子からそれぞれのパックをひとつずつ受け取った女性は、上品な笑顔で会釈してから、ショッピングカートに手をかけた。

「ごちそうさまでした」

「ごちそうさまでしたー！」

　ふたたび声を揃え、親子が買い物に戻っていく。

「ありがとうございました！」

　勢いよくお辞儀を返した緑子も、客引きを再開した。

「いらっしゃいませ！　チーズの新商品、ご試食可能でーす！」

　行き交うお客さんの中、変わらない元気な声が食品売り場に響き渡った。

二十二歳の緑子は、この四月からマネキン派遣会社『ＧＫコーポレーション』の契約社員として働いている。

マネキンと聞くと服飾業界のイメージを抱く人も多いが、ＧＫコーポレーションが派遣するのはファッションの方ではなく、いわゆる試食販売員だ。

たしかにマネキンという単語自体は、ファッションモデルを意味するフランス語「マヌカン」を英語読みしただけだし、それが服を着せる「マネキン人形」やモデル兼販売員を指す「マネキン・ガール」といった言葉とともに、日本語として定着したという歴史もある。だが現在はファッション業界に限らず、様々な商品の宣伝販売員・実演販売員がそう呼ばれており、《専門的な商品知識及び宣伝技能を有し、店頭、展示会等において相対する顧客の購買意欲をそそり、販売の促進に資するために各種商品の説明、実演等の宣伝の業務（この業務に付随した販売の業務を含む。）を行う者》（職業安定法施行規則）と、公の文書も記しているほどだ。特に緑子たちのような試食販売員は、ファッション関連の次くらいに、「マネキン」としての市民権を得ていると言っていい。

でもおじいちゃんは、勘違いしそうになってたっけ。

つい最近のことだし、緑子はたびたび思い出し笑いをしてしまう。

大学卒業時、緑子が就職先について説明すると七十五歳の祖父は、孫娘がモデルになると早とちりして目を丸くしたものだ。さすがにあの年代の人たちにとっては、マネキン＝ファッションモデルという認識なのだろう。

ともあれ就職難が続くこのご時世、緑子はニート生活だけはなんとか回避して、食品業界の「マネキン」として新社会人になったのだった。

が。

外から見れば、単なる売り子さんだもんね……。

じつは入社一か月にして、すでにそんな悩みも抱き始めている。

試食販売員の仕事は、スーパーの食品売り場やパン屋、ドラッグストア、さらにはイベント会場などにテーブルやブースを出して、試食・試飲を勧めつつ委託を受けた様々な食品を販売するというものだ。意外に知られていないが、こうした試食イベントは販売元のメーカーではなく、ＧＫコーポレーションのようなマネキン派遣会社が下請けとなって実施することも多い。現場となる店もそこは承知のうえで、むしろ販売のプロという認識でマネキンを頼りにしてくれる。

けれども知らない人にとっては、アルバイトでもできそうな売り子さん、という風に見える面はあるだろうし、そんな自分の現状に対して、どうしてもささやかなコンプレックスを感じるのだった。ついでに言えば実際に高校生アルバイト、ときには中学生にすら間違われる童顔も困ったものだが、これはまた別の話である。

別に食品業界に憧れていたわけではないし、ましてやどうしてもマネキン販売員をやりたかったということでもない。「正社員への登用あり」という文言を頼りに、ＧＫコーポレーションの契約社員に滑り込んだのが正直なところだ。それでも、大学まで出してもらったのにアルバイトに勘違いされてるかも、という気持ちが、ふとした拍子に湧き上がる。

ああいう、いいお客さんと接してるときは楽しいんだけど。

無意識のうちに肩をすくめながら、緑子はさっきのトモくんとお母さんの顔を、もう一度思い浮かべた。

マネキンをしていると、じつにいろいろなお客さんと遭遇する。やたらと横柄なおばさんに、商品とはまったく関係ないセクハラまがいの言葉ばかりかけてくる中年男性、どう見ても冷やかしで何度も試食だけしていく老人、等々。

あくまでも個人的な感想だが、そうした失礼な客はむしろ、一定以上の年齢を重ねた大人にこそ多い印象だ。敬われやすい年長者という立場に加えて、他人に厳しく注意することを避けるような昨今の風潮が、拍車をかけているのかもしれない。むしろさっきの親子のように丁寧なお客さんは、少数派といってもいいくらいである。

所詮は売り子、って思われてるのかな。こう見えても結構大変なのに。

コンプレックスがますます頭をもたげてくるのを感じた緑子は、気を取り直そうと小さく深呼吸した。ついでに首も回した拍子に、十五メートルほど先の健康食品売り場が目に入る。

「あ」

つぶやいた緑子は、健康食品が並ぶ棚の前で接客中の若い男性へと、さり気なく視線を移した。年齢も自分と同じくらいの、別会社のマネキン販売員だ。

「また売れてる……」

ぴったりした長袖シャツとサプリメントメーカーのロゴ入りTシャツを重ね着したその男性が、かろうじて笑顔とわかる程度の表情とともに、プロテインバーのようなものを数本、お客さんに渡すのが見えた。

いかにも、〝健康〟とか〝スポーツ〟って感じだもんね。

緑子の感想どおり、男性はTシャツ姿がやたらと様になっているのだった。下半身こそチノパンツにスニーカーという普通の格好だが、引き締まった体形と清潔感のある黒髪は、マネキンというよりはスポーツチームのコーチかトレーナーっぽい。ルックスも整っており、切れ長の目とはっきりした鼻筋、綺麗なカーブを描く顎のラインのいずれもが印象的だ。身長はおそらく、百七十センチ弱といったところか。

昨日も、ずいぶん売れてたし。

緑子はここ『スーパーハナマル』で、昨日今日とチーズを試食販売中だが、彼も同じスケジュールのようだった。そしてたまに目をやると、たいして愛想は良くないのに、ああして担当商品がほぼ必ず売れているのである。大声で元気に客引きしても、売れないときは一時間以上も売れないこちらとはえらい違いだ。

「じつは、どっかのカリスママネキンとか？」

そんな単語があるのかどうかは知らないが、またしても声が出たとき。

ひょいと男性が振り向いたので、思いきり目が合ってしまった。

「…………!!」

反射的に会釈をすると、男性は一瞬だけ不思議そうな顔をしたあと、軽く頭を下げ返してくれた。首にかかったスーパーの入館許可証が揺れて、ちょうど裏側に隠れていたスタッフ名札が目に入る。

太い文字が、遠目からでもはっきり読み取れた。

――羽田《はねだ》さん、ていうんだ。

今度は胸の中だけで、緑子は読み取った名前をそっとつぶやいた。

「すいませーん、試食していいっすか？」

羽田にぼけっと見とれていた緑子は、すぐそばからかけられた声で自分を取り戻した。

「あ、はい！　どうぞ！」

「どーも」

見ると、またしても小さな子どもを連れた女性のお客さんである。だがさっきの親子とは正反対の、「ヤンママ」という感じの母親だった。

頭頂部だけ黒くなった茶髪に、着古したパーカーとジーンズ。両耳には五百円玉くらいの直径をした、大きなピアスが揺れている。子どもは先ほど接客したトモくんよりも少し幼い、幼稚園児くらいの女の子だ。

「それ、全種類食べていいの？」

「ええ、どうぞ。アレルギーとかは大丈夫ですよね」

笑顔を保ったまま、緑子は四種類のチーズが乗った皿を差し出した。ヤンママは「うぃっす」と答えるや否や、我が子そっちのけで食べ始める。

「うまいっすね。んじゃ、このフツーのと、あと隣の白くて固いのも買おうかな。白くて固いのって、酒のつまみとかにもよく出るあれっすよね？」

あっさりと購入を決めたヤンママは、プロセスチーズとともにカマンベールのパックも手に取って、買い物カゴに入れてくれた。チーズの名前こそ覚えていないが、何度も食べたことがあるのだろう。

「はい。そのままでも火を通してもおいしいですから、飲食店でもよく使われてます」

「あ、そうそう！　火ぃ通してあった！　ベーコンでくるんで焼いたやつが、めっちゃうまかったんすよ。超カロリー高そうだけど」

「ああ、カマンベールのベーコン巻き。おいしいですよね」

ヤンママのリアクションに、緑子もすぐに同じ料理を思い浮かべた。知る人ぞ知る一品だったカマンベールのベーコン巻きは、ＳＮＳで紹介されたことで瞬く間に人気の料理となり、今ではプロも店で出すほどだ。

「おねーさんも、食べたことあります？」

「ええ。太るの確実だったから、四分の一サイズで作りましたけど」

「そうっすよねえ。あれはマジやばい。悪魔の技っすよ。デブ製造マシン」

もはや食材でも料理でもない例えに、緑子は素で笑いそうになった。

だが朗らかな気持ちになれたのも、ほんの数秒のことだった。ふと目を落としたヤンママが、突然大きな声を出したからだ。

「あ！　なに勝手に食べてんの！」

驚いて視線の先を見ると、娘の方がいつの間にか、バゲットの欠片《かけら》を手に口をもぐもぐやっている。少し前にトモくんとお母さんも食べてくれた、クリームチーズを塗って別の皿に置いてあるものだ。

「みっともないマネすんなよ！　バカじゃねえの!?」

さすがに手を上げたりはしないものの、ヤンママは周囲の目も気にせず決して綺麗とは言えない言葉で我が子を叱責して、「ごめんね、おねーさん。試食だから大丈夫っすよね？」と顎を突き出すようなヤンキー特有の会釈だけ残して、小さな手を引きずりながら緑子の前を離れていった。

口を挟む間もなく呆然としていた緑子だったが、あの羽田というマネキンの前を通りかかった親子からもう一度、

「ほら、さっさと歩く！　またバカみたいなマネしたら、ケツ叩くからね！」

という大声が聞こえてきたので、ようやく我に返ることができた。

なんだかなあ。

虐待というわけではないが、ああいうお説教の仕方はやはりどうかと思う。それに女

の子が勝手に試食をしてしまったのは、母親である自分が目を離したからではないのか。

いけない。仕事、仕事。

気を取り直して、客引きに戻る。

けれどもヤンママ親子との邂逅《かいこう》は、それだけで終わらなかった。

三十分ほどのち、引き続き試食販売を続ける緑子の耳に、女の子らしき泣き声が聞こえてきたのである。

なんだろうと思い声がする方向を探ると、どうやらお菓子売り場のようだ。健康食品売り場の隣、羽田という男性マネキンが立つ手前に並ぶ、棚と棚の間だろう。

すぐ近くだし、ちょうどお客さんの切れ目だったので緑子はそちらに向かった。

「あ」

棚の角を曲がると、先ほどヤンママが連れていた女の子が目を擦って泣く姿があった。

よく見ると、頬や耳も少し赤い。

お菓子、買ってもらえなかったのかな。

女の子の正面にはヤンママ本人もしゃがみ込んでいるので、緑子は単純にそう思った。

さっきのように、母親が目を離したところで食べたいお菓子を勝手に取ってしまい、怒られたのだろうか。

いずれにせよ自分が出る幕ではなさそうだと判断し、チーズの試食テーブルに戻ろうとしたとき。

「すみません、ちょっといいですか！」

声とともに、自分の脇を誰かが早足で通り過ぎていった。

あ！

緑子は目を見開いた。

Tシャツが似合う、引き締まった後ろ姿。

ヤンママと女の子に素早く寄っていくのは、羽田だった。

「大丈夫？」

言いながら羽田は、自分もしゃがみこんで女の子と同じ目線で話しかけた。目元を擦ったまま女の子が小さく頷くと、彼は隣にいるヤンママにも何かを伝え始める。

様子が気になり、身を翻して彼らに近づきかけた緑子は、聞こえてきた羽田の台詞にはっとさせられた。

「お嬢さんはたぶん、何かしらのアレルギー反応が出ています」

直後、羽田が顔を上げた。切れ長の目がこちらを見つめてくる。歩み寄る緑子に気づいていたようだ。

だが緑子は、視線を受け止められなかった。いたたまれずに顔を伏せてしまう。

羽田の言葉によれば、女の子が泣いているのはお菓子を買ってもらえなかったからではなく、なんらかの食物アレルギーによるものらしい。目を擦るのはおそらくかゆみがあるからで、頬や耳が赤いのもアレルギー症状の一環だろう。

そうなった原因であろうことが、頭の中に浮かび上がったからだ。

あたしのせいだ……。

食物アレルギーに関する理解が進んだ今では、どんなマネキンも試食・試飲を行う際にアレルギー食材の有無は必ず確認する。緑子も気をつけているし、会社やメーカー側も試食用のテーブルやブースにつけるための、《食物アレルギーはございませんか？ご試食前に確認を！》などと書かれた大きなPOPを、わざわざ用意するほどである。

事実、三十分ちょっと前に接客したトモくんと彼の母親にも、緑子はいつもどおり試食前に一声かけながら接客した。

だが、ヤンママ親子に対しては、それがおざなりだった。

母親に対してもそうだし、女の子に至ってはまるで気が回らなかったことが、はっきりと思い出される。結果、自分たちが目を離したすきに、女の子はクリームチーズのバゲットを勝手に食べてしまった……。

唇を噛む緑子の前で、羽田がヤンママに尋ねる。

「二時間以内に、お嬢さんが口にしたものとかはありますか？」

「あ！　さっき試食んところで、チーズ塗ったフランスパンを勝手に食ってました！」

「じゃあたぶん、乳製品か小麦あたりかな」

「そっか！　たぶん、小麦っす！　そういえばこの子、パスタとか食べるとしょっちゅう顔を擦ってるかも。すぐに治まるから、全然気にしてなかったけど」

「なるほど。ちなみに今みたいなタイミングじゃなくて、パスタを食べた数時間後とか翌日に同じような症状が出ることは？　アレルギーにもすぐ反応が出るタイプと、遅れて出るタイプがあるんです」

「それはないっすね。逆に翌日とかは、けろっとしてるし」

極力難しい言葉を使わない羽田の質問に、ヤンママも的確に答えていく。

「毎日の朝ごはんとかは、大丈夫ですか？」

「あ、うちは和食派なんで」

問診のようなやり取りを聞いて、緑子も確信した。女の子は軽度ながら小麦アレルギーを持っており、チーズそのものではなくバゲットがアレルギー反応の引き金になったのだ。

「今回も症状はひどくないようですが、重いアレルギー反応の場合は呼吸困難や血圧低下を引き起こすこともあるので、一度必ず病院で検査を受けることをお勧めします」

冷静に説明した羽田はそこでいったん言葉を切り、少しだけ口調を柔らかくして女の子本人にも声をかけた。

「パスタを食べるとかゆくなるのは、もとになる小麦が君の体に合わないからだと思う。でも、お米でできたパスタとかパンもあるから大丈夫だよ」

「ほんと？　お米のスパゲティなら、食べてもかゆくならない？」

赤みの残る顔を上げて女の子が聞き返すと、「うん。お母さんが、きっと作ってくれるよ」と頷いてから、彼はヤンママに向き直った。

「食品アレルギーの多くは、原因がわかれば対処できるものでもあります。それと小麦の代わりに米粉などを使った『グルテンフリー』という種類の食材も今は増えているので、小麦アレルギーが確定しても、お嬢さんが一生パンやパスタを食べられないということもありません。どうぞご安心ください」

「マジっすか？　じゃあ、大丈夫ってことっすね！」

「ええ、原材料に気をつけている限りは。小麦アレルギーはそこまでめずらしいものでもないですし、比較的対処しやすいと思います」

ヤンママに答えた羽田がもう一度、女の子に視線を合わせる。その顔には緑子が初めて見る、優しい笑みが浮かんでいた。

けれども緑子自身の心は、やはり晴れない。自分に直接的な責任はないのかもしれないが、結果として女の子に辛い想いをさせてしまったのは事実だ。人の口に入るものを扱うマネキンとして、もう少しうまく対応できたのではないか。

女の子とは対照的にうなだれたままでいると、引き続き羽田の声が耳に届いた。

「お嬢さんは、フランスパンを勝手に食べてしまったと仰いましたね。僕のところもそうですが、正直、試食や試飲の現場ではよくあることです。逆に言えば、販売員の側ではどうしようもない部分なので、ぜひお子さんから目を離さないようにしてあげてください」

「ああ、たしかにそうっすよね。よく考えたら、あたしがこの子放置してチーズ食いまくってたのが原因だし。あのおねーさんにも、悪いことしちゃったなあ……って、あ！おねーさん！」

ヤンママに呼ばれて、緑子はようやく顔を上げた。

「わざわざ見にきてくれたんすか？　ちょっとうちの子がトラブったけど、もう大丈夫っすから！」

数メートル先から大声で、しかも屈託なく言われ緑子はリアクションに困った。だがヤンママはこちらの様子に頓着《とんちゃく》せず、ぽんぽんと言葉を投げかけてくる。

「ていうか、あたしのミスだし！　マジすんません！」

「………」

「今度からちゃんと、この子見ときますんで！」

「は、はい」

なんとか頷いたところで、娘に手を差しのべつつヤンママが立ち上がった。

「ミワ、歩ける？　もうかゆくない？」

「うん。ちょっとだけかゆいけど、大丈夫」

「おし、じゃあ帰るか。明日、病院行こう。イケメンさんが教えてくれたみたいに、スパゲティチェックしよう！」

「スパゲティ、チェックする！」

ミワちゃんというらしい女の子も、すぐに母の手を取る。泣き止んだだけでなくしっかり声が出ているし、症状はひどくないと羽田も言っていたので、これなら大事には至らないだろう。

「んじゃ、イケメンさんもおねーさんも、あざっした！」

「あざしたー！」

ミワちゃんがヤンママの口調をマネしながら、ふたりはレジの方向へと歩きだした。

手を繋いで歩く背中を、だが緑子は悄然《しょうぜん》として見送ることしかできなかった。

ヤンママ親子が棚の向こう側に消えたところで、緑子は我に返った。すぐに羽田へ声をかける。

「あの！　ありがとうございました！」

けれどもこちらを向いた羽田は、なぜ礼を言われるのかわからないといった顔である。

「その、お子さんの対応もそうですし、あたしのせいじゃないっていうことまで、言ってくださって」

「ああ、いえ」

ようやく理解したらしく、彼は軽く首を振った。

「たいしたことじゃありません。よくあるトラブルですし、そもそも子どもから目を離した時点で保護者の落ち度です。まあ見た目ほど、悪いお母さんじゃない感じでしたけど」

クールな表情からは、本気でたいしたことではないと思っている様子が窺える。ヤンママにも語ったように、自身の現場でも同様の経験があるのだろう。だがそれにしても、ミワちゃんへの対応は的確で、見事と言えるほどだった。

あたしなんかと、全然違うんだ……。

緑子の胸に、ふたたび自己嫌悪の気持ちが湧き上がった。客観的に見れば羽田が言ってくれたとおりだし、こちらが責められるようなものではないというのもわかる。だが、この人とは正反対に自分は、「よくあるトラブル」すら防げなかった。マネキンとしてアレルギー食材に気をつけるようレクチャーも受けているし、注意喚起のPOPだって出している。にもかかわらず、一時的とはいえケアを怠ってしまった。

やはり自身でも、心のどこかに仕事を軽んじる気持ちがあったのかもしれない。胸の奥から離れない、「でも、単なる売り子さんでしょ」というコンプレックス。アルバイトでもできる仕事なのかもという、卑屈な想い。

明るい性格のお陰で、会社にはすぐ溶け込めた。先輩たちも可愛がってくれる。

でも、それだけだもの。

何もできない、単なる売り子。それが自分。

それが、あたし……。

気がつけば緑子は、羽田に向かって大きく頭を下げていた。

「すみませんでした、本当に」

「え？」

凄腕の男性マネキンはまた怪訝《けげん》な顔をしたが、緑子はそうせずにいられなかった。

2

翌日の午前中。緑子はGKコーポレーションのオフィスで、二日間行ったチーズ試食会の報告書を作成していた。

あのあと、へこんだ気持ちをなんとか奮い立たせて試食テーブルに戻ってからは、幸い何事も起こらず、商品もそれなりに売れて無事仕事を終えることができた。

ただ、帰りがけに羽田にもう一度礼を言いたかったのだが、彼の方は終了時間が自分より三十分ほど早かったようで、緑子が接客している間にさっさと撤収し、こちらに軽く会釈だけして立ち去ってしまった。

「また、会えるかな」

イケメンだからという不純な動機ではないと自分に言い聞かせながら、緑子はデスクワークで強張った上半身を大きく伸ばした。束ねたセミロングの髪が揺れると同時に、体重をかけられた古いオフィスチェアから、抗議するようなきしみ音が上がる。

「緑子ちゃん。椅子、壊さないでね」

対面の席で同じく報告書を書いていた先輩、西郷賀那子《さいごうかなこ》が笑った。

「椅子が大事なんじゃなくて、緑子ちゃんが引っくり返って怪我でもしたら、大変だもん」

二十四歳の賀那子は緑子の教育係を務めており、ペアを組んでマネキン販売をすることも多い、もっとも身近で頼りになるお姉さんだ。おかっぱ頭に黒縁眼鏡という大昔の女学生みたいなルックスだが、小柄な体格と理知的な眼差しの彼女にはそれが妙に似合っていて、「家でもんぺとか穿いてそうって、よく言われる」とみずから冗談めかして語るほどである。

もんぺはさておき、賀那子が和服を着たら今以上に魅力的になるはずだと、緑子はひそかに思っている。自分と同じく恋人はいないそうだが、例えば夏に浴衣を着て出かけたりすれば、男性が放っておかないだろう。

「すみません」

苦笑とともに体勢を戻して、緑子は先輩に問いかけた。

「賀那子さんは昨日、どこの現場だったんですか？」

「あたしは新宿」

答えた賀那子は、続けて有名な家電量販店の名前を口にした。大型店なので、家電にとどまらず生活用品やサプリメントなども取り扱う店舗である。

「あそこのサプリメント売り場で、コラーゲン入りのゼリーとトクホのお茶、売りまくっちゃった。あ、サンプルまだあるから持ってく？　おいしかったわよ」

「いいんですか？　ありがとうございます！」

緑子が喜ぶと、賀那子はさっそく「はい、どうぞ」とゼリー飲料とペットボトル入りのお茶を、机の下から出して渡してきた。どちらもピンク色をしたパッケージで、いかにも女性向けという感じの品物だ。

「緑子ちゃんは昨日一昨日と、ハナマルさんだっけ。ひとりは初めてだったよね」

スーパーハナマルはＧＫコーポレーションにとって、定番のマネキン派遣先となっている。加えて社長からの指示もあり、昨日一昨日のチーズ試食会は入社以来初めて、緑子がひとりで担当したのだった。

「はい。なんとか終わりましたけど、ちょっとだけミスっちゃいました」

正直に答えると、賀那子はすぐに「何があったの？」と心配してくれた。

「じつは——」

勝手にバゲットをつまんでしまった子どもが小麦アレルギーを持っていたことと、居合わせた男性マネキンの的確な対応に助けられたことを話す。

「ふーん」

賀那子は感心した声を出した。

「でもたしかに、それは緑子ちゃんの責任じゃないよ。グルテンフリーのパンまでは、あたしたちも用意できないし」

羽田という男性マネキンと同じ言葉を賀那子が口にしたので、緑子は確認した。

「グルテンフリーって、小麦粉を使ってない食材のことですか？」

「うん。小麦アレルギーの人向けにね。厳密に言えば、小麦の中にあるグルテンっていうタンパク質に対して文字どおりアレルギーがある人と、あとはそれを分解できない不《ふ》耐性《たいせい》がある人に分かれるらしいけど」

「へえ」

すらすらと出てきた答えに、今度は緑子が感心させられる。さすがは先輩だ。

「米粉を使ったパンとかパスタとか、最近じゃスイーツなんかもグルテンフリーのがあるみたい」

「賀那子さんはグルテンフリーのもの、食べたことあるんですか？」

「パスタだけね。小麦のパスタとほとんど変わらない味だし、普通においしかったよ」

「そうなんですね」

勉強がてら、いつか自分も食べてみようと緑子が思っていると、「それにしても」と興味深そうに賀那子が続けた。

「たいしたもんね。その男の人」

彼女は、羽田と一緒の現場になったことはないらしい。

「はい。いかにも接客業って感じではなかったですけど、説明とかがすごくわかりやすくて、親御さんもお子さん本人も安心して帰っていきました」

「なるほど。ちなみにイケメン？」

「え」

予想外の質問に固まる緑子を見て、賀那子は「あはは」と声に出して笑っている。

「そっか、そっか。イケメンなんだ」

「あたし、なんにも言ってないじゃないですか」

「だって緑子ちゃん、その人のこと説明するとき、めっちゃ熱心だったもん。相当好みだったんだろうなあって」

「違います！」

必死に否定すると、賀那子はますますおかしそうな顔をした。尊敬する先輩だが、よくこうしてからかってくるのだけは困ってしまう。

「なんにせよ、無事にひとり仕事のデビューもできて良かったわね。まあ滅多にないし、社長の思いつきっぽかったけど」

笑いながらも優しい目を向けられて、緑子も気を取り直して「はい、ありがとうございます」と笑顔で答えることができた。安全面も考慮して、会社としては女性ひとりでのマネキン販売はあまりしないそうだが、昨日一昨日はなじみのスーパーハナマルが現場だったことに加え、

「グリーンちゃんも、たまにはピンでのんびりやってきたらどうだ。母ちゃんみたいな教育係といつも一緒だと、気ぃ遣うだろ」

と社長の横須賀《よこすか》七郎《しちろう》が、緑子に直接言ってきたのだ。隣にいた賀那子は、「人を子離れできない保護者みたいに言わないでください！」とすかさず抗議していたが。

「みどりこ」が言いにくいからという理由で、「グリーンちゃん」と呼んでくる横須賀は百八十センチを超える長身、さらには坊主頭に濃い口ひげと、ヤクザの組長まがいの風貌をした五十歳の男性である。だが決して横暴なわけではなく見た目どおりの親分肌

な性格で、緑子たちのような非正規雇用者にも分け隔てなく接してくれるため、むしろ従業員の皆から信頼される存在だ。聞いたところによれば自身も元試食販売員で（当時は今ほど、マネキンという呼びかたが定着していなかったそうだ）、しかも管理栄養士の資格も持っているんだとか。

「あのルックスで売れるものって、限られてると思うんだけどね」

情報元の賀那子は苦笑していたが、それもまた彼と社員たちの近しい関係があればこそだろう。

社長は、また営業か。

壁にかかったホワイトボードに目をやって、緑子は彼の予定を確認した。《横須賀》と書かれた部分の横には、今日もいつもと同じように《営業（終日）》とある。

賀那子たち正社員だけだとたった十名、緑子のような非正規雇用者を含めても二十名程度のＧＫコーポレーションは、中小企業らしく社長みずからが営業に駆けずり回っている。顔の広い横須賀は、食品業界に留まらず他の様々な分野にも人脈があるらしい。

「社長のお陰で、最近依頼が増えてるみたい」

緑子の視線を察した賀那子が、自身もボードを見ながら口にした。

「男の子の登録スタッフも、増やしてるっぽいよ」

「へえ。いいことですね」

マネキン販売員は女性が多いイメージだが、羽田のようにじつは男性も一定数存在する。安全対策もそうだし、スポーツサプリメントや豪快なイメージの肉料理など、商品によっては男性が販売した方がウケがいいものもあるからだ。緑子はまだ会ったことがないが、ＧＫコーポレーションも登録スタッフ、つまりパートタイムのアルバイトという形で男性マネキンを雇用しているのだという。

「夜遅くまでの現場とかは、女の子ひとりで行かせられないしね。仕事を受注する時点で、社長もクライアントさんに言ってくれてるんだって」

「ああ、だから」

言われて、緑子はあらためて納得した。ハナマルでのチーズ試食会は午後六時までだったし、賀那子と組んでやってきた他の現場にしても、だいたい似たような撤収時間だった。もっと遅い時間までの実施を頼まれた際は、男性マネキンになる旨を会社として伝えるのだろう。また、販売ノルマを課すような要望は必ず断るなど、横須賀は会社の外でも自分たちを大事にしてくれているそうだ。

「ほんと、ありがたいです。あらためて今度、社長にお礼言わなくちゃ」

「『なんだグリーンちゃん、ようやく俺の優しさとイケメンっぷりに気づいたか。はっはっは』なんて、堂々と返されそうだけどね」

「あはは、言いそうです」

なかなか上手な賀那子のモノマネに、緑子は笑ってしまった。周りにも聞こえたようで、近くで仕事中の事務員たちも、肩を揺らしたり口に手を当てたりする様子が見える。

「で、今回のハナマルさん、モノはなんだったの？」

思い出したように、賀那子は聞いてきた。

「あ、チーズでした」

「それってこないだ社長がサンプル持ってきた、おいしいやつ？　大学と企業が産学連携で開発したとかっていう」

「そうです、そうです。国際農業大が作ってるやつです。お客さんもみんな、おいしいって言ってくれましたよ」

カマンベールやチェダーの濃厚な風味が口の中に甦って、緑子の顔がさらにほころぶ。

「あのチーズ、たしか地元の牛乳を使ってるのよね」

「はい。酪農家さんの名前も、パッケージにプリントされてました」

「ふーん。最近そういうの、はやってるもんね」

頷く賀那子に、緑子は明るい声で続けた。

「でもやっぱり、賀那子さんと一緒の方が楽しいです。だから午後が楽しみで」

今日はこのあと、いつもどおり賀那子とペアでのマネキン販売が入っているのだった。

「あら、ありがと。なんにも出ないわよ」

「本当ですってば！　ひとりだと時間も長く感じて、なんだか余計に疲れる気がしました」

「ああ、それはわかる。お客さんが来なかったりすると、逆に疲れるよね。そもそも立ちっぱなしだし」

賀那子も同意してくれたように、マネキン販売員は決して楽な仕事ではない。サンプルに試食テーブル、ＰＯＰやパンフレット等の必要なものはメーカーと店によって事前に用意されるが、商売道具を並べたあとは最低でも半日、週末などはほぼ一日中立ちっぱなしで、通りがかりのお客さんに試食や試飲を勧めて品物を販売するのだ。加えて、知らない店や会場にひとりで行く場合は従業員入り口にトイレや休憩室、ゴミ捨て場などを最初に確認しなければならないし、それらを忙しい売り場担当者や店長に聞く際などはやはり気が引ける。

肉体労働に見えるマネキン販売員だが、体だけでなく神経も消耗するのだという事実を、緑子はこの一か月で実感させられていた。

と、賀那子がなぜか、いたずらっぽく見つめてきた。

「でも、あたしも緑子ちゃん見てると楽しいよ」

「え？」

問い返すと、「ごめん、ごめん」とまたおかしそうな顔をする。

「だって緑子ちゃん、あたしが入社したばっかりの頃にそっくりなんだもん」

「そうですか？」

緑子はつぶらな目を見開いた。意外だった。自分と賀那子が似ているのは、百五十センチちょっとの身長くらいだ。髪型も違うし、顔立ちはどう考えても賀那子の方が大人っぽい。仕事ぶりに関しては言わずもがなのはずで、彼女ならば新人のときから優秀なマネキンだったのではないだろうか。

後輩の内心を見透かすように、賀那子は笑ったまま言葉を重ねた。

「見た目じゃなくて中身っていうか、気持ちの部分がね」

「気持ち、ですか？」

「緑子ちゃん、まだどこかで〝自分は単なる売り子さん〟みたいなコンプレックス持ってるでしょ」

「…………!!」

図星を指されて固まる姿に、「ほらね」とばかりに賀那子が眉を上げてみせる。そうして、楽しげに教えてくれた。

「マネキンはね、ただ物を売るだけが仕事じゃないの」

「え？」

「あたしたち、じつは〝忍者〟なんだから」

「はい？」

「なんていうか、公儀《こうぎ》隠密《おんみつ》みたいなもんかな」

「は？」

立て続けに出てきた想定外の単語に、緑子はぽかんとするしかない。驚かされたり呆気に取られたり、やっぱりこの人には敵わないと思う。

結果、ようやく口にできたのは意味不明の質問だった。

「……賀那子さんて、歴女《れきじょ》だったんですか？」

「え？」

今度は賀那子がきょとんとするが、数秒後、歴女＝歴史マニアの女子のことだと理解したようで、「あはは」とまたしても愉快そうな笑いを声を上げげた。

「そっか、忍者だからそう思ったのね。ごめんね。ほんと、緑子ちゃんは素直で可愛いなあ」

「ど、どうも」

「まあ、緑子ちゃんにもいずれわかるって。……よし、終了！」

とりあえずという感じで礼を言う緑子に、賀那子は会話を切り上げるように答えると、そのままパソコンのエンターキーを小気味よく叩いた。話をしながらも報告書をさっさと書き上げてしまったらしい。こういうところも、遠く及ばないと実感させられるところだ。

「ええっと……」

まだ小首を傾げている緑子に、この話はおしまい、とばかりに賀那子はぽんと手を打って逆に聞いてきた。

「午後って、何時からだっけ？」

「あ、一時半からです。終了は……六時ですね」

手元のバインダーから今日の実施予定書を取り出して、緑子が確認する。

「オッケー。品川だし、ランチ食べてそのまま行こっか。ふたりだし、準備は三十分もあれば大丈夫だよね」

「はい！」

にっこりと言われて、緑子も自然と元気に返事をしていた。さっきの話は少し気になるが、またどこかで聞けるだろう。小麦アレルギーの説明もそうだったが、ときにからかってきたりしつつも賀那子は仕事に関してはこまめに、かつわかりやすく教えてくれるのだ。「緑子ちゃんを、あたし色に染めてってるのよ」とは本人の弁である。

いずれにせよ、緑子は午後が余計楽しみになってきた。ありがたいことに、今日の現場である品川はすぐ近くだ。GKコーポレーションのオフィスは東京・大森なので電車で十分もかからないし、仲良しの賀那子とランチも一緒。そして試食に出す品は、

「今日の試食品、ロールケーキとフィナンシェですよね。クニ・ヤリミズさんの新商品」

というわけなのだった。品川の駅ナカにある洋菓子店で行われる、有名パティシエ監修による新作スイーツ試食販売会を、ふたりで担当するのである。

「うん。サンプルチェックは現場に行ってからだけど、絶対おいしいやつだよね。やばいなあ、自分で食べすぎちゃいそう」

「あたし、早くも太った気がするんですけど」

眉をハの字にして緑子も苦笑する。商売柄仕方ないが、マネキン販売員には試食サンプルをみずから食べて味を確認することも求められる。しかも試食会・試飲会などをわざわざ開いてプッシュしようとする製品なので、たいていおいしいものばかりだ。もち

ろんお客さんがいない時間を見計らってだが、気がつけばやたらと自分でつまんでいたなどということも正直ある。

唇をとがらせた賀那子が、さらにぼやいた。

「気がする、で済んでるだけいいじゃない。あたしなんて入社してから二キロも増えちゃったもん。緑子ちゃん、何か運動とかしてる?」

「いいえ、特には。何かしたいなあ、とは思ってるんですけど……」

「だよねえ。あたしもなかなか一歩が踏み出せなくて。よし、やっぱり一緒にデブになりましょ」

「え、遠慮しときます!」

「だーめ。これは、教育係としての命令だから」

「それ、めちゃくちゃパワハラじゃないですか! しかも理不尽すぎるし!」

仲のいい姉妹のような会話を聞いて、事務員たちがまた噴き出している。

困った顔を賀那子に向けつつ、今日も頑張ろうと緑子は思った。

3

四月が終わり、ゴールデンウィークに入った。

「いらっしゃいませー！　しいたけフェア実施中でーす！」

「旬のしいたけを使ったハンバーグと肉詰めフライ、ぜひご賞味くださーい！」

都心から一時間程度で来られる埼玉県内の大型ショッピングモールで、緑子はこの日も賀那子とともに元気な声を出していた。今日から三日間、ショッピングモールの一階にある大型スーパーで、『しいたけフェア』の一環としてハンバーグと肉詰めフライを試食販売するためだ。まだ初日の午前中だが、連休ということもありすでに人が多くて忙しい。

商品は、しいたけを素材にしたおかず二品。惣菜売り場の厨房で作られるハンバーグとフライを、できるだけ多くの人に食べてもらうのが目的だ。売上ノルマがないぶん、こうした「おいしい商品がありますよ」というアピール、つまり品物の訴求《そきゅう》こそが緑子たちに期待される部分なのである。

「ハンバーグ、おひとついいかしら」

「はい、どうぞ！　食材のアレルギーは大丈夫ですか？」

声をかけてきた中年女性に手元のＰＯＰを見せてから、緑子は試食テーブルに置いてあったトレイを笑顔で差し出した。トレイの上に載る大きな紙皿には、爪楊枝を立てた一口サイズのしいたけ入りハンバーグと、半分に切った肉詰めフライが並んでいる。

「はい」と答えて両方ともつまんでくれた女性もまた、嬉しい驚きといった感じでぱっと明るい顔になった。

「へえ、おいしいのね。たしかに、しいたけの香りがするわ」

「はい。香辛料と玉ねぎを少なめにして、代わりに細かく刻んだしいたけをたくさん混ぜてあるんです」

言いながら、緑子は二十メートルほど先へさり気なく視線を向けた。自分たちが立つスーパーの並びにある、ドラッグストアの方角だ。

目ざとくそれに気づいた賀那子が、一瞬だけ笑いを堪えるような表情を浮かべてから、すぐに営業スマイルへと戻って説明を重ねる。

「しいたけには食物繊維だけじゃなくて、血液中のコレステロールを下げてくれる成分も、含まれてるんですよ」

「ふーん。じゃあ、このハンバーグを三枚もらおうかしら」

「ありがとうございます！」

揃って礼を言ったあと、賀那子がさっそく商品をパックに詰めていき、その間に緑子はふたたび客引きと商品訴求に戻る。師匠と弟子さながらに、ふたりの役割分担はばっちりだ。

「お会計は、店のレジでお願いします」

「わかりました。ありがとう」

賀那子から商品の入った袋を渡され、女性がにこにことレジへ歩いていく。

「ありがとうございました！」

もう一度、見事に重なった声で礼を言って、緑子と賀那子は笑みを交わし合った。

「緑子ちゃん。休憩、先とあと、どっちがいい？」

ようやく客足が落ち着いた昼過ぎ。接客を終えてトレイを置いた緑子に、ほっと息を吐いた賀那子が聞いてきた。

「どっちでもいいですよ。賀那子さんは、どうされます？」

「じゃあ、先にいただいちゃっていい？　結構お腹空いちゃった。お客さん多いから、そんなにつまみ食いもできなかったし」

ぺろりと舌を出してみせる先輩に、緑子も笑って同意する。

「そうですね。さすがゴールデンウィークって感じです」

「ね。そのぶんやたらと売れるし、お店も喜んでくれてるけど」

「むしろ厨房の方が、忙しそうですよね」

ふたりが語るとおり、午前中からしいたけの惣菜二品は好調な売れ行きを示していた。商品やサンプルは厨房から次々に補充されるので問題ないが、調理係の人たちは大忙しだろう。

「でも緑子ちゃんも、これぐらいなら問題なくさばけるようになってきたわね」

「ありがとうございます！　賀那子さんが一緒だと、やっぱり安心できるのかも」

顔を輝かせる緑子に、賀那子は得意のからかうような笑みを浮かべて、「うんうん」とわざとらしく頷いた。

「イケメンさんを、ちらちら見る余裕もあるくらいだし」

「ちょ……！」

動揺した緑子は、目線で示された方向をふたたび見てしまった。先ほども接客中にさり気なく目を向けていた、ドラッグストアの店頭だ。

わかりやすいリアクションに、賀那子が「あはは」と笑う。

「ひょっとして彼が、こないだ言ってたイケメンさん？」

「ええ、まあ」

賀那子の言う「イケメンさん」は、あの羽田だった。

見かけるのは、ハナマルでのチーズ試食会以来だ。前回と同じTシャツを着た彼が、今日は隣のドラッグストアで紙コップを並べ、プロテインか何かの試飲会をしている。

羽田の全身を遠慮なく眺めるとともに、「ハナマルさんでの商品も、プロテインバーだったのよね」と賀那子は口にした。

「てことはやっぱり、マネキン専門じゃなくてトレーナーさんとかなのかも」

「え？　そうなんですか？」

目を丸くする緑子に、賀那子がふたたび頷く。

「うん。前に社長から聞いたんだけど、健康食品やサプリメントってスポーツとかフィットネスの現場に詳しい人がマネキンやると、やっぱり説得力が違うって言ってた。だから大手のちゃんとしたメーカーは、それなりのお金を払ってトレーナーさんにもやってもらってるんだって。ただ、スポーツの現場と客商売はまったく違うから、両方をこなせる人はなかなか貴重らしいよ」

「へえ」

おそらくは羽田も、そうした「貴重な」トレーナーなのだろう。とはいえ見た感じ自分と同世代、つまりまだ若いこともあって、接客に関してはあまり慣れていないのかもしれない。今日も彼の仕事ぶりは、特別愛想がいいようには見えなかった。

それでも商品が売れるってことは、説明が上手なんだろうなあ。

ハナマルでの、ヤンママ親娘への対応もそうだった。事件を回想しつつ緑子も彼の姿に見とれていると、またからかうように賀那子が顔を覗き込んできた。

「緑子ちゃん、休憩時間に声かけてみれば？　先日はどうもとか言って、プロテイン飲ませてもらいながら。イケメンさんと、お話ししたいんでしょう？」

「べ、別にそんなつもりは！」

「他社のマネキンさんを見るのも勉強だよ。しかも、目の保養にもなるおまけつきじゃん。見た感じ、緑子ちゃんと年も同じくらいだし」

「そんなに言うなら、賀那子さんが行ってくればいいじゃないですか」

呆れたように答えると、意外にもあっさりと肯定された。

「うん。あたしもこれから、ちょっと行ってくる」

「え!?」

「ああ、安心して。緑子ちゃんから取っちゃおうってわけじゃないから。ああいうクール系のイケメンはあたし、タイプじゃないの。純粋にお仕事の見学よ」

「はあ」

「口説くのは、面食いの緑子ちゃんに任せるわね」

「だから、そういうつもりはありません！」

むきになって否定する後輩にますます笑いながら、「じゃあちょっと、ひとりでよろしく」と、賀那子はユニフォームのエプロンを外してさっさとテーブルを離れ始める。

しかも、本当に羽田の方向に向かっていく。

「賀那子さん⁉」

自分が止めるのもおかしな話だが、緑子の口からつい大きな声が出た。

すると声が耳に届いたのか、羽田が振り向いた。目が合ったのであわてて頭を下げると、向こうも同じように会釈してくる。ハナマルさんでもこんな場面があったっけ、と緑子は初めて会ったときのことも思い出した。

そうこうする間に、賀那子は羽田の前に辿り着いていた。

「こんにちは。私も試飲させていただいて、いいですか？」

「もちろんです。どうぞ」

うわ、マジで話しかけちゃった。

続く会話は聞こえてこなかったが、あ然とする緑子の目に、賀那子が複数のプロテインドリンクを試飲しつつ何度も質問し、羽田も手振りを交えて熱心に答える様子が映った。

賀那子さん、可愛いもんね……って、なんでヤキモチみたいになってんのよ！

自分で自分につっこんだ直後。

「え？」

思わず声が出た。

「ちょ、ちょっと、なんで!?」

動揺した緑子は、その場で右を向いたり左を向いたりと、携帯電話ショップにいるアシスタントロボットのような動作をしてしまった。

なんでこっちに来るの!?

なんと羽田が自分のテーブルを離れて、賀那子とともにこちらへ歩いてくる。

イケメンに、目の前から話しかけられた。

「こんにちは」

「あ、ここ……！」

「……？」

「いえ、あの、こんにちはです！」

一緒に戻ってきた賀那子が、彼の後ろで噴き出している。

「な、何笑ってるんですか賀那子さん！　ていうか、なんでこっちに連れてきちゃったんですか！」

必死の抗議を聞いた羽田は、不審げな表情だ。

「あれ？　なんか迷惑でした？」

「いえいえ、全然。むしろこの子も、ちょうど暇してる感じでしたし」

すかさずフォローした賀那子によれば、「あたしが連れてきたんじゃなくて、羽田さんがうちのサンプルを食べてみたいって仰ってくれたの」とのことだった。プロテインを試飲しながら、たがいの自己紹介も済ませたのだとか。

「そ、そうだったんですか、失礼しました。ええっと、ご試食の希望ですよね」

なんとか気を取り直した緑子は、サンプルが載ったトレイを手に取り、胸の高さで差し出した。

「どうぞ。しいたけハンバーグと、肉詰めフライです。食べ終わった爪楊枝は、そちらのゴミ袋をご利用ください」

「ありがとうございます。いただきます」

軽く頭を下げた羽田は、まずしいたけハンバーグを口にした。整った顔にいつの間にか、接客中のときよりもはっきりとした笑みが浮かんでいる。

「へえ、おいしいですね」

「ありがとうございます！　肉詰めフライもぜひ、召し上がってみてください」

ポジティブな反応に、緑子もようやく笑みを取り戻せた。勧めに従って、羽田が肉詰めフライも試食する。

「うん、こっちも肉厚でいいですね。食べ応えがあるし、アスリートとかも喜びそうかな」

重ねてのありがたい感想をもらえたからだろうか、トレイを置いた緑子は、爪楊枝を捨てた羽田へ自然に問いかけていた。

「羽田さんて、やっぱりトレーナーさんなんですか？」

「はい、そうですけど」

答えた彼の首が、軽く傾げられる。

「僕、名前教えましたっけ？」

「あ、すみません！　えっと、その、前もハナマルさんでご一緒したときに、名札が見えたので。あのときは、ありがとうございました」

「小麦アレルギーのときですよね。いえ、たいしたことはしてませんし、お子さんも無事で良かったです」

羽田も、こちらの顔を覚えていてくれたらしい。嬉しくなった緑子は明るい口調で、だが微妙に失礼な言葉を続けてしまった。

「あれだけじゃなくて、羽田さんのことすごいなあって思ってたんです。あんまり愛想良くないのに、商品がバンバン売れるし」

「……それは喜んでいいのかな」

「いえ、その、ごめんなさい！」

あたふたと緑子は両手を振った。幸い羽田はおかしそうに苦笑するばかりなので、気分を害したということはなさそうだ。それにしても何度も謝ったり喜んだりと、我ながら忙しいと思う。そして、ちょっぴり恥ずかしい。

「緑子ちゃん、動揺しすぎ」

羽田の隣では、賀那子がまだ笑っている。

「すいません、羽田さん。この子、男の人と話すのに慣れてなくて」

「賀那子さん！」

後輩の異議申し立てをさらりと無視した賀那子は、あらためて羽田に緑子を紹介してくれた。

「こちらは同僚の一色緑子です。たぶん、これからも現場でご一緒することがあると思いますし、よろしくお願いします」

そこでやっと緑子も「一色です。よろしくお願いします」と、まともな挨拶をすることができた。

「こちらこそ、よろしくお願いします。アルプス派遣サービスの販売員、羽田です。あ、西郷さんにもお渡ししてませんでしたね。すみません」

答えた羽田は、腰につけているポーチからわざわざ名刺を出してふたりに渡してきた。賀那子も慣れた手つきで、一方の緑子は支給されたばかりである自分のそれをあわてて取り出し、社会人らしい名刺交換が行われる。

羽田の名刺には、会社の連絡先とともに保有資格も記されていた。

《株式会社アルプス派遣サービス　羽田輝《あきら》（UTA-ATC：全米トレーナー協会公認アスレティック・トレーナー）》

やはり彼は、本職のトレーナーだったのだ。

「羽田さんも、この三日間でテーブルを出してるんだって。アルプスさんはうちよりも大きい老舗の人材派遣会社さんよ。マネキンだけじゃなくて、スポーツイベントのデモンストレーターとかも派遣してるんですよね」

「ええ。トレーナー以外にも、元体操選手とかジャグリングの人とかが登録されてて、イベントの内容に合わせて派遣されます。もっとも僕はサプリメントの試食会と、あとはたまにスポーツ用品の展示会を手伝うくらいですけど」

賀那子の補足に頷きつつ、切れ長の目が緑子の視線を捉える。

「一色さんのこと、俺――いえ、僕もよく覚えてますよ」

「え？」

「元気な声で接客してる、いかにもマネキンさんて感じの人がいるなって、ハナマルさんで思ってたんです」

「……ありがとうございます」

羽田ではないが、喜んでいいのだろうか。マネキンとして働くことへのコンプレックスとともに、自分は早くもそれに染まっているのだろうかという、複雑な想いが緑子の頭をよぎる。

「でも私、まだ仕事を始めたばっかりのド新人なんです。四月に入社したばっかりで」

ひとまず謙遜しておくと、羽田は軽く驚いた表情になって、ますますこちらを見つめてきた。

「そうだったんですか？　全然そんな風に見えないから、てっきりどこかのカリスマ販売員かと思ってました」

奇しくも、たがいに同じような感想を抱いていたらしい。だが、それよりも。

そ、そんなにされても……。

なんのてらいもなく褒めるうえ、視線も真っ直ぐに合わせてくるので緑子は一瞬固まりそうになった。なんだか、外国人みたいなコミュニケーションの取りかただ。

「どうかしましたか？」

「いえ、なんでもないです！　カリスマでもなんでもないのでございます！」

またしてもわけのわからないリアクションをして賀那子に笑われたところで、お客さんの声がした。

「すみません」

「あ、いらっしゃいませ！」

すかさず緑子が振り返ると、年配の女性が立っていた。

見た感じ、七十歳前後といったところだろうか。けれども背筋はしゃんと伸びており、豆腐や野菜、魚の切り身に乾燥わかめなど、多彩な食材が入った売り場のかごをカートも使わず手でぶら下げている。見事に穿きこなした細身のジーンズと、尻ポケットから覗く、有名なゆるキャラがついたピンクのストラップが若々しい。ストラップの先にあるのも、ポケットのふくらみ具合から察するにガラケーではなくスマートフォンだろう。「おばあちゃん」というよりは「マダム」と呼びたくなるような、お洒落で颯爽《さっそう》としたお客さんだった。

「しいたけのおかずを試食できるって聞いたんですけど、こちらでよろしいの？」

「はい！　今日はしいたけフェアの試食会です。ハンバーグと肉詰めフライをお出ししてますので、どうぞ召し上がってみてください」

営業スマイルを取り戻してトレイを差し出す緑子に、賀那子が小さく手を振って、そして羽田はマダムにちらりと目をやってから軽く会釈を寄越して、それぞれさり気なく離れていく。緑子も目だけでふたりを見送ってから、接客を続けた。

アレルギーの確認をする緑子に問題ないと答えたマダムはハンバーグ、そして肉詰めフライとつまんで「どっちもおいしいわね！」とすぐに顔をほころばせてくれた。

「ちょうど、五月ぐらいまでが旬だものね」

「はい。秋のイメージが強いかもしれませんけど、春のしいたけもおいしいんです。って、調理担当者の受け売りですけど」

正直に答えるとマダムも、「今は一年中、いろんなものが食べられるものねえ」と言ってさらに笑みを深くする。

「じゃあ、このハンバーグを二枚いただこうかしら」

「ありがとうございます！」

今はひとり体制なので、緑子はいったんトレイを置いてから商品をプラスチックパックに詰め始めた。

同時に、頭の片隅で小さく自問自答する。

どうしようかな……。

だが「お会計は、あちらのレジでお願いします」と、ビニール袋に入れたパックを手渡した瞬間、気持ちが固まった。

「あの！」

緑子は思いきって、マダムに呼びかけた。

「どうしたの？」

「おでこ、大丈夫ですか？」

声をかけられたときから、それは目についていた。マダムの額、ちょうど左の眉毛から少し上のあたりに、百円玉程度の大きさをした割と大きなあざがあったのだ。前髪で半分ほど隠れる場所だが、紫色の内出血は近くで見るとやはり痛々しい。

「ああ。ごめんなさいね、見苦しくて。年を取ると、やっぱり運動神経が鈍くなるのね。

家の階段でつまずいちゃったの」

恥ずかしそうに、彼女の細い手がそっと額へ添えられる。

「ただのあざだし、大丈夫。心配してくれてありがとう」

「いえ、失礼しました。お大事になさってください」

頭を下げる緑子にもう一度「ありがとう」と笑顔で告げて、マダムはレジの方へと去っていった。

4

翌日。マダムはなんと、またしても同じくらいの時間に試食テーブルに現れた。

「ハンバーグ、おいしかったわ」という嬉しい言葉とともに、今度は肉詰めフライを買ってくれたのである。今回は賀那子もいたので、ふたりでの対応となった。

「昨日も、ハンバーグをお買い上げくださったんです」

「いいお客様だね。上品なマダムって感じ」

「はい。あたしもそう思ってました」

接客後、笑顔を交わす緑子と賀那子の目に、レジを済ませた彼女がドラッグストアへも足を向け、羽田の試飲テーブルに立ち寄る姿が映った。

昨日と同様のバラエティに富んだ食材が見え隠れするエコバッグを手に、マダムは羽田のもとへ近づいていく。今日はサブリナパンツを穿いているがこれもよく似合ってて、尻ポケットにはやはり、ゆるキャラのストラップもある。本当に若々しい人だ。

試飲テーブルの前で立ち止まり羽田と会話を始めたマダムは、興味津々といった様子でプロテインドリンクを口にして、上品な笑顔で何度か頷いた。

「たしかに、年配のかたこそタンパク質が必要だもんね」

「そうですね。どれもおいしかったですし」

賀那子と緑子も、様子を眺めて頷き合う。

緑子も昨日のうちに、休憩時間を利用して羽田の出しているプロテインドリンクを試飲させてもらったのだ。彼いわく、

「プロテインって聞くと、マッチョな人の飲み物っていうイメージがあるかもしれないけど、ただ単にタンパク質を英訳しただけなんです。それに原料は牛乳からチーズを作った残りのホエイっていう部分か、あとはソイ、つまり大豆だから至って普通の食品なんですよ」

とのことだった。加えて羽田は、別の知識も教えてくれた。

「知ってのとおり、年を取ると筋肉は失われていきますよね。専門的にはサルコペニアって呼ばれるんだけど、早い人は三十代から始まります。それを少しでも防ぐためにはやっぱり筋トレをしなきゃいけないし、筋肉のもとになるタンパク質も積極的に取った方がいい。昔は年を取ったから運動はやめておこうとか、肉や魚を減らそうなんていう考えもあったけど、じつは逆なんだ」

「へえ」

「もちろん適切な筋力トレーニングや栄養摂取に関しては、俺たち専門家のアドバイスを受けてほしいところだけど」

「そうだったんですね」

自分の分野に関することだからだろうか、例によってこちらの目を見つめて冷静に、でもどこか楽しそうに語る羽田の解説に、緑子も自然と聞き入ったものである。いつの間にか彼の一人称が「俺」になっており、口調も他人行儀ではなくなりつつあったことに気づいたのは、自分のテーブルに戻ってからのことだ。

いずれにせよ賀那子が以前言っていたように、トレーナーである彼の説明は説得力があって、しかもわかりやすかった。きっとスポーツ選手にも、あんな感じで指導しているのだろう。

女子選手とかに、かなり人気ありそう。バレンタインなんか、たくさんチョコもらっちゃったりして。

教えてもらったことを思い出しながら、緑子が中学生のようなことを考えている間に、マダムはプロテインも購入したらしい。「ありがとうございます」という羽田の声が聞こえてくる。

だが。

「あれ？」

「どうしたの？」

賀那子に聞かれ、緑子は「あ、いえ。やっぱり羽田さん、売れるなあって」とごまかした。

今のは、気のせいだったのだろうか。

ほんの一瞬だが、自分の商品を買ってくれたマダムの背中を彼が真剣に、それもどこか痛ましそうな表情で見ていたように感じたのだ。

羽田の表情が見間違いでないとわかったのは、二時間ほど経ってからだった。

「いらっしゃいませー！」

「今が旬の、春のしいたけ製品、ご試食可能でーす！」

午後三時。賀那子とともに声を上げていた緑子は、ふと視界に何かを捉えたような気がした。

「しいたけハンバーグと肉詰めフライ、ぜひお試しくださーい！」

引き続き声を出すと同時に、何が脳裏に引っかかったのかを確認する。記憶を刺激するような、つい最近もどこかで目にしたようなあれはなんだったろう。

「あ！」

「緑子ちゃん？」

どうしたの？　という顔でこちらを向く賀那子に、緑子は大発見をしたような口調で告げた。

「あのストラップ、マダムとおんなじやつです！」

「え？　ああ、たしかに。色までお揃いね」

緑子が目で追いかけるお客さんを見て、賀那子も大きく頷いた。

ふたりが見つめる先にいるのは、ポロシャツを着てデイパックを背負った高校生ぐらいの男の子だった。デイパックには二列に渡ってプリントされた、《Urawa Sogo High School》《Basketball Club》という文字が読める。身長はそれほど高くないが、下半身もハーフ丈のチノパンツにスニーカーという出で立ちなので、間違いなくバスケットボール部員だ。アスリートらしい格好で姿勢も良いため、逆にポケットから覗くピンク色の、それも可愛いゆるキャラのついたストラップが余計に目立つ。

「顔立ちも似てるわね。ひょっとしたら、お孫さんとかかな」

「きっとそうですよ。品のいい目元なんか、そっくりじゃないですか」

マネキンたちのひそひそ話を背に、男の子は羽田のいるドラッグストアへと歩いていく。

「プロテインとかも、飲んでるのかな」

緑子がひとりごちたタイミングで、元気な挨拶が聞こえてきた。

「こんにちは！　いらっしゃいませ！」

「え!?」

「あれ？　めずらしいね」

緑子と賀那子が驚いたのも、当然だった。

自分の横を通りかかった男の子に声をかけたのは、もちろん羽田である。だが商品の解説以外はむしろ無愛想と言っていい彼が、元気にお客さんを呼び込む姿を見るのは初めてだった。

なんで急に、やる気出してるの？

目を丸くした緑子は、お客さんが少ないのをいいことに、トレイを置いて自分もさり気なくドラッグストアの方へ近づいていった。理由はさておき、羽田の仕事ぶりを近くで見学できるチャンスかもしれない。商品説明があれだけ上手なのだから、じつは本気になれば、賀那子ばりの見事な接客を披露してくれるのではないだろうか。実際、爽やかな笑顔に男の子も立ち止まっている。

が、そんな期待をよそに、彼が続けたのは意表をつく台詞だった。

「ビタミンCのサプリメント、試してみませんか？」

「え？」

きょとんとする男の子を尻目に、羽田は足下の段ボールから小さなボトル状のプラスチックケースを取り出した。今言った、ビタミンCのサプリメントだろう。プロテインの試飲会なので、こちらのサンプルは出していなかったのかもしれない。

それにしたって、なんで？

緑子もまた、きょとんとさせられた。試食販売していないものまでわざわざ勧めるとは、本当に羽田はどうしたのだろう。いつの間にか隣に来ていた賀那子も、不思議そうな顔だ。

プラスチックケースの蓋を開けて、羽田が男の子を見る。

彼の表情に、緑子は「あ」と声を漏らした。

いつもよりはっきりと微笑をたたえているが、羽田の表情にはどこか困惑した色があった。何かを諭すような、痛ましいものを見るような。

それは二時間前、マダムを見送ったときと同じ表情だった。

「ビタミンCは皮膚の再生にかかわったり、抗ストレス作用もある栄養素です」

続けられた台詞に、男の子がはっとなる。

目を見開く彼から視線を逸らさず、羽田は穏やかに、だがはっきりと告げた。

「例えばだけど、孫によって額に怪我をさせられたおばあさんには、ぴったりだよ」


「えっ!?」

「どういうこと？」

気がつけば緑子は、賀那子とともにふたりのそばへ駆け寄っていた。

困ったような顔のまま、羽田はまず男の子に確認する。

「そのストラップ、おばあさんとお揃いじゃないのかな。君のおばあさんはきっとパンツルックが似合う、お洒落でかっこいいかただよね。そして彼女は昨日、君にしいたけハンバーグを食べさせてくれたはずだ」

「は、はい」

やはり男の子は、マダムの孫だったようだ。

「おばあさんは今日も彼女たちのところで、しいたけのお惣菜を買っていってくれたよ。あとは僕のところでソイプロテイン、つまり大豆からつくられたプロテインも買ってくれた。君のために、ね」

「……え？」

男の子が、一転して言葉の意味を捉えかねた顔をする。やり取りを聞いた緑子と賀那子も同様だった。

「ええっと、つまり、どういうことですか？」

「どうしてあたしたちの商品や大豆のプロテインが、彼のためなんです？」

ぽかんとする三人を順に見つめる羽田の視線が、最後に緑子のところで止まった。

そうして彼は、困ったような笑みを優しいものに変えながら教えてくれた。

「一色さん、まごわやさしいい、っていう言葉を知ってる？」

「まごわやさしい？」

小首を傾げるしかない緑子の隣で、「あ！」と大きな声を出したのは賀那子である。

「和食の、あれですか!?」

「ええ。バランスのいい食生活を送るための標語になっている、あれです」

頷いた羽田が、ふたたび男の子に向き直って説明を始める。その顔はいつの間にか、緑子も知るトレーナーのものになっていた。相手の目をしっかりと見つめて冷静に何かを教えてくれる、専門知識について語るときの顔だ。

「まごわやさしい、っていうのは今言ったとおり食材の頭文字なんだ。まめ、ゴマ、わかめなどの海藻類、やさい、さかな、しいたけなどのキノコ類、イモ類。この七つを食べることで、タンパク質や炭水化物、脂質、ビタミン、ミネラルといった栄養素を満遍なく摂取できると言われてる。昔から日本人にはなじみ深いものばかりだから、特に和食の献立づくりで目安にされる有名な言葉なんだよ」

「まごわやさしい……」

同じ言葉を口にした男の子がもう一度、目を見開いた。そのまま、語呂合わせを確認するかのように繰り返す。

「……孫は優しい？」

「そういうこと。君のおばあさんは昨日も今日も、カゴやエコバッグにそれらの食材ばかりを入れていた。その時点で足りないもの、つまりしいたけや大豆に関連するものを僕や彼女たちの試食テーブルで購入しながらね。プロテインはもちろん、ハンバーグとフライも和食じゃないけど、まるで何かの願をかけるかのように〝まごわやさしい〟という標語を意識した食材を、二日続けて選んでいたんだ。ひょっとしたら僕たちの試食会・試飲会が終わった明後日以降も、同じように七つの食材を使った料理を、君に出してあげるつもりだったのかもしれない」

「…………」

男の子は呆然としたままだ。祖母の行動に秘められた想いを、理解したのだろう。そしてそれは、緑子と賀那子も同じだった。

落ち着いた口調で、羽田は説明を続ける。

「君に、バランスの取れた食事を出してあげたい。何よりも優しくなってほしい。いや、優しい孫でいてほしい、かな。そんな気持ちを込めておばあさんは、〝まごわやさしい〟から作られた食事を大切にしていたんだと思う」

「じゃあ、あのおでこのあざは……」

つぶやいた緑子は、男の子がぎゅっと唇を噛み締めるのを見た。直後に「ばあちゃん……」と、しぼり出すような、自分を責めるような声が彼の喉からこぼれ出す。

「うん。あくまでも可能性としてだけど、〝まごわやさしい〟にこだわっているご様子から、あの額のあざはひょっとしたら、お孫さんの手によるものじゃないかって思ったんだ。彼の格好やお揃いのストラップをつけてる様子を見るに、DVとかじゃなくて家庭内のアクシデントだろうけど。浦和《うらわ》総合《そうごう》高校はこのあたりでは一番の進学校だし、バスケ部も公立校としてはいい成績を収めている名門だからね。トレーナーの仕事で試合会場にいる彼らを見たことがあるけど、みんな真面目で礼儀正しかったよ」

「へえ」

「そんなチームの子が、おばあさんに暴力を振るうわけないですもんね」

緑子と賀那子に頷き返して、「ドラッグストアを訪れたのも、怪我をさせてしまったおばあさんのためかな」と羽田は男の子に優しく確認した。

「はい。僕、今、勉強と部活の両立が上手くいってなくて。連休前の夜、イライラして参考書を部屋の入り口に投げつけちゃったら、ちょうどそこにばあちゃんがいたんです。僕に、夜食を持ってきてくれたところで」

緑子が「品のいい」と形容した、祖母にそっくりな目をいつしか潤ませて、男の子は続ける。

「僕が全部いけないんです。ドアを開けっ放しにして、物に当たって、しかもばあちゃんに怪我までさせて……！　どうもすみません！」

羽田が言ったとおり、本来は真面目で家族思いの若者なのだろう。一生懸命に、最後は声を詰まらせながら頭を下げる男の子からは、祖母への想いがじゅうぶんに伝わってきた。

その姿は、「孫は優しい」と誰もが思えるものだった。

5

午後六時。試食会二日目も終了し、撤収作業に入った緑子と賀那子は、「こんばんは」と声をかけられた。

「申し訳ありません。今日の試食会はもう終了――あ！」

「ごめんなさいね、一日に何度も」

試食の希望者かと勘違いしてしまった緑子に、柔らかな笑みを向けてきたのはなんとマダムである。賀那子はいち早く声で気づいたらしく、「こんばんは」と如才《じょさい》なく笑顔を返している。

「すいません。ばあちゃんと一緒にもう一度、ちゃんとお礼を言いたくて」

マダムの隣には昼間会った男の子も、寄り添うように立っていた。

推理を披露されたあと、「サンプルだけど、おばあさんにお見舞いとして渡してあげて。念のためアレルギーのおそれがある成分も、パッケージには表示してあるから」と言う羽田からビタミンCのサンプルをもらった彼は、赤い目のまま、

「ありがとうございます。僕、帰ってもう一回ばあちゃんに話します。怪我させちゃってごめんって。そんな孫なのにいつも気を遣ってくれて、食事のことまで考えてくれてありがとうって。どうもありがとうございました！　失礼します！」

と挨拶して急いで帰っていった。それでじゅうぶんなのに、こうしてふたりであらためて来てくれるとは、やはり普段からすごく礼儀正しい家庭なのだろう。羽田も同じように思ったようで、自分の撤収作業の手を止めて、やや驚いた顔でこちらに歩み寄ってくる。

「ばあちゃん、こちらのトレーナーさんが気づいてくれたんだ。本当にありがとうございました」

まるで部の顧問に接するような面持ちで、男の子がぺこりと頭を下げると、羽田はすぐに両手を振った。

「いや、僕は何もしてないよ。むしろ、差し出がましいことをしてごめん」

「この子から、皆さんが私の気持ちまで察してくださってたって聞いて、びっくりしま

した。しかもお見舞いまでいただいてしまって。どうもありがとうございます」

「とんでもありません。おばあさまが僕たちのテーブルに立ち寄ってくださったからこそ、たまたまそういう考えに至っただけです」

恐縮する羽田をフォローすべく、緑子と賀那子も会話に加わる。

「彼の言うとおりです。お気軽に声をかけてくださって、しかも商品までお買い上げいただいて、どうもありがとうございました」

「上品ですてきなお客様だね、ってふたりで話してたんですよ」

「ありがとう。ハンバーグもフライも、とってもおいしかったわ。肉詰めフライの方は、このあと晩御飯でまたいただきますね。この子も好きだし」

やはり上品に口元へ手を当てるマダムの隣で、男の子が恥ずかしそうに付け加える。

「うちは今、両親が旅行中なんです。だからゴールデンウィークは、ばあちゃんとふたり暮らしで」

「ああ、だから」

緑子は大きく頷いた。マダムが食材を揃えたり夜食を作ってあげているのには、そんな背景もあったようだ。

「でもこの子も、練習や試合で疲れてるはずなのに自分でお洗濯したり、皿洗いをしてくれたりするんです。私が言うのもなんだけど、すごく頑張り屋さんで」

「部活でもそうしろって言われてるし、もともと俺、家事は嫌いじゃないんだよ。身の回りのことだってバスケの一部だし、やっぱりバスケが好きだからさ」

祖母と孫が、笑顔を交わし合う。

ふたりを見つめながら、「そのとおりだよ」と一歩前に出たのは羽田だった。

あ、なんか嬉しそう。

彼の表情を見た緑子は、すぐにそう感じた。クールな横顔の中に、朗らかな微笑が浮かんでいる。

「スポーツを頑張ること、一生懸命に頑張ることはもちろんすばらしい。でも、もともとは楽しくて始めたことだっていうのを、忘れちゃいけない。心や体を必要以上に追い込んで、楽しむ気持ちまで忘れて取り組むことは絶対に間違ってるんだ。だらけたりふざけたりっていうのではなく、真剣に取り組んで自分を高めることが楽しい、好きなことに真摯《しんし》に向き合って努力することが楽しい。それがスポーツの、アスリートの本来のありかたのはずだからね」

「はい！　ありがとうございます！」

男の子は今や、すっかり羽田を尊敬する表情だ。知らない人が見たら、同じチームの選手とトレーナーだと勘違いするかもしれない。

そうだよ。真剣さと楽しさは、絶対に両立できるんだよ。

羽田の言葉を胸の内で繰り返して、緑子もまた、優しい笑みを男の子に向けた。


マダムと男の子が丁寧な挨拶とともに去っていったあと、緑子たちも撤収作業を終えて帰路についた。

ちょうど羽田の作業も同時に終わったので、今日は自然と三人一緒での帰り道となった。駅に着いたところで、逆方向の電車に乗る賀那子だけが別れていく。

「じゃあ、お疲れさま。羽田さんも、またご一緒したらよろしくお願いしますね」

「お疲れさまでした、賀那子さん！」

「お疲れさまでした。こちらこそ、またよろしくお願いします」

賀那子を見送った緑子は、そのまま羽田とふたりで電車に揺られる形になった。

「一色さん」

「は、はい！」

運よく並んで座れたものの、何を話そうかと少し緊張していたら、幸いなことに彼の方から話を始めてくれた。

「『You are what you eat.』って言葉を知ってる？」

「え？　ユー・アー・ワット・ユー・イート？」

おうむのように繰り返しつつ、緑子は言われた言葉を脳内で必死にアルファベットへと変換した。英語であることは間違いない。なぜなら羽田の発音が、ネイティブのように見事なものだったからだ。

「あの、羽田さんてひょっとして、英語も喋れちゃったりするんですか？」

「日常会話程度だけどね。俺、大学がアメリカだったから」

「マジですか……」

クールなイケメントレーナーで、ついでにバイリンガル？　むしろなんでこの人、マネキンをやってんの？

ぽかんと口を開けてしまった緑子を見て、羽田はむしろ恥ずかしそうに続ける。

「もともとアスレティック・トレーナーの資格を取りたかったんだけど、どうせやるなら本場で、と思っただけの話だよ」

「はあ」

思っただけ、と言われても実現しているのだからたいしたものである。少なくとも、「正社員になれるかも」という理由だけで就職先を決めた自分とは、月とスッポンほども違う。

「で、You are what you eat.なんだけど」

「あ、ごめんなさい！　ええっと……あなたは、あなたの食べたものである？」

中学程度の英語力しかない緑子にも、なんとか訳すことはできた。だが、意味がよくわからない。

「うん。どっちかって言うと、『あなたは、あなたの食べたものでできている』っていう日本語訳の方が多いかな」

「ああ、なるほど！」

眉を上げて、緑子は何度も頷いた。

「わかりました！　食べたもので体がつくられるから、食事は大切ってことですね？」

「そう。これも栄養学の分野で、よく知られてる諺《ことわざ》なんだ。俺たちトレーナーも、選手には必ず伝えるようにしてる」

「へえ」

「運動と栄養、そして休養の三つが、体づくりの柱になるんだけど」

「はい」

「プロスポーツ選手とかオリンピック選手でも特に栄養の部分、つまり食事が適当な人は意外と多いんだ。もちろん本人だけのせいじゃなくて、きちんと教えない指導者の責任も大きいと思う」

「そうなんですか？」

「うん。予算の関係でトレーナーや栄養士を雇えなかったり、そうじゃなくても選手本人や監督は、やっぱり競技の練習を第一にしたいからね。するとどうしても、食事指導は後回しにされてしまう」

「ああ。わかる、気がします」

答えた緑子は、さっき教えてもらった言葉を頭の中で繰り返した。

『You are what you eat.』まさに的を射た言葉だ。自分の心身を整えるために、必要な栄養素をおいしく摂取すること。周囲もそれを理解して、サポートしてあげること。あのマダムと孫のように。

昨日と同じように専門分野のことを楽しそうに語る羽田は、「でも」と笑って付け加えた。

「スポーツの現場に限らず、食事というものに関して日本は先進国なんだよ」

「え？」

「世界でもめずらしい、『食育基本法』があるから」

「あ！　それ、聞いたことあります！」

羽田が口にした法律の名前を、緑子も思い出した。たしか、入社してからもらった研修資料に書いてあったはずだ。GKコーポレーションの新人研修は、社長の性格同様になんともざっくりしたもので、「あとは現場でお客さんと触れ合って、体で覚えろ」という方向性のものだったため、今まですっかり忘れていた。

「食育基本法って、食に関する教育とかを国としてやろうって法律ですよね」

言いながら、自分のスマートフォンを取り出して素早く単語を検索する。

ネット上の百科事典によれば、食育基本法の項目にはこう記されていた。

《食育の基本理念を定め、国、地方公共団体等の食育に対する責務を明らかにし、食育に関する施策の基本事項を定めた法律。――食育とは健全な食生活を実現し、食文化の継承、健康の確保等が図れるように自らの食について考える習慣や食に関する知識・判断力を身に付けるための学習等とされる。》

おおむね、覚えていたようなイメージで間違いないようだ。

「アメリカでもジャンクフードに関する広告を規制したり、専門団体が栄養素の摂取基準を定めたりしてたけど、食育基本法みたいな法律を国として明確に作ったのは、かなりめずらしいケースなんだ」

「ふーん。大事な法律なんですね」

素直に感心したところで、なぜか羽田がおかしそうな顔をする。相変わらず小さな笑みだが、緑子はいつの間にか、彼の表情がはっきりわかるようになっていた。

「何か変ですか？」

少しだけ眉間にしわを寄せてみせると、「ああ、ごめん」と謝ってから、羽田は笑った理由について語った。

「感心してるけど、一色さんだって食育に携わってるんだよ」

「え？」

「だって、マネキンだから」

「…………？」

きょとんとしたところを、羽田が微笑んだまま見返してくる。

「文字どおり食に関わる現場に立って、いろんなお客さんと接してるでしょ」

「…………!!　そうか！」

半瞬後、緑子はあらためて理解し、そして自覚した。

彼の言うとおりだ。自分たちマネキンは試食や試飲を勧めながら、たしかに食材や料理に関する説明もしている。しかも羽田や賀那子は、その能力がとても高い。

賀那子の姿を思い出したことで、さらに大きな声が出た。

「あっ！　忍者！」

いつだったか彼女が教えてくれたのは、こういうことだったのだ。

国の施策でもある食育を、試食・試飲を通じて草の根レベルで実践する仕事。まさに忍者のように。公儀隠密のように。

それこそが、マネキン販売員。

単なる売り子さんじゃ、なかったんだ……。

隣では羽田が、唐突に出てきた単語に怪訝な顔をしている。

だが緑子はお構いなしに、頭ひとつほど上にある切れ長の目を見つめて、しっかりと頷いた。

「羽田さん、マネキンってじつはかっこいいんですね！」

「え？」

「あたし、立派な忍者になれるよう頑張ります！」

元気な宣言とともに、つぶらな瞳が大きく輝いた。

第二章 夏 〜ドリンクと氷〜

1

ああ、この中に飛び込んじゃいたい……。

目の前に置かれた浴槽ほどもあるクーラーボックスを見て、一色緑子はそんなことを考えてしまった。蓋を外したクーラーボックスには水やスポーツドリンク、ジュースなど大量のペットボトルと、それらを冷やすための氷水が満ちている。

「日陰でこれってことは、人工芝のグラウンドなんかやばいんじゃない？」

隣に立つ西郷賀那子が眼鏡を外し、ブリッジやツルが触れる顔の部分と、眼鏡本体もハンドタオルで拭って声をかけてきた。

七月の終わり。

緑子と賀那子は、さいたま市内の大型スタジアムに併設されたサッカー場で、この日開催中の少年少女サッカー大会に合わせたドリンク販売を担当していた。大会スポンサーでもある大手飲料水メーカーが設置した、会場脇のブースが今日の仕事場である。

ブースはテント型なので、さすがに直射日光を浴びることはないが、それでも賀那子が言ったように現場はかなりの蒸し暑さだ。当然ながら販売中の各種ドリンクも飛ぶように売れており、大会スタートの午前十時から正午になった今までの段階で、すでに百本以上は売り上げただろう。ついさっきも緑子は、空になった商品ストックの段ボール箱を手早く潰して、背後にある長机の下に積み重ねたばかりだった。

「すいません！　これ、三つください！」

ユニフォーム姿の少年がまたひとり駆け寄ってきて、スポーツドリンクのペットボトルを指差した。

「はい、四百五十円になります」

笑顔で答えた緑子は少年から五百円玉を受け取り、お釣りの五十円を返した。今日は販売のみで試飲はないため、アレルギー確認も不要なのが助かる。その間に、ダスタークロスという業務用の布巾で水滴を手早く拭き取った賀那子が、「どうぞ」と商品を差し出した。相変わらず流れるようなコンビネーションだ。

「試合、終わったところ？」

三本のペットボトルを無事受け取った少年に、緑子は優しく聞いてみた。

「はい。まだ二試合目ですけど」

「お疲れさま。頑張ってね」

隣から賀那子も、同じく笑顔のまま声をかける。

「熱中症にも気をつけて」

「ありがとうございます！」

年上のお姉さんたちに声をかけられた少年は、ただでさえ上気している頬をさらに赤くして走り去っていった。

「可愛いなあ、小学生」

「そうですね。しかも、みんな礼儀正しいし」

「サッカーするの、楽しいんだろうね」

自身は剣道部だったという賀那子の言葉を聞きながら、緑子はほんの五メートルほど先に並んで設置された、似たようなテントに目を向けた。

——楽しくて始めたことだっていうのを、忘れちゃいけない。

二か月ちょっと前、小学生ではないがやはり若いアスリートにそう言っていた羽田輝が、自分たちと同じくクーラーボックスと長机に挟まれる形で屋根の下に立っている。

彼もまた、大会に合わせてのブース販売を担当中なのだ。いつもと同じメーカーのロゴ入りTシャツ姿だが、真夏なのでさすがにアンダーシャツは着ておらず、下半身もハーフ丈のチノパンツという爽やかな格好である。

「なあに？　また羽田さんに見とれてんの？」

「ち、違いますよ！」

すかさず賀那子にからかわれ、緑子は素早く首を振ってごまかした。

四月、そしてゴールデンウィークとささやかな事件を通じて知り合った羽田とは、そのあとも何度かマネキン販売の現場で一緒になる機会があった。

仕事の合間や休憩時間などに会話を交わしていくうちに、彼は担当メーカーや自分の会社についても、緑子と賀那子にいくつかのことを教えてくれた。例えば、緑子たちと違って基本的にひとり体制なのは、

「男だからっていうのもあるし、そもそもサプリメントはサンプルの準備とかに手間がかかりませんから。目的も売上っていうよりは、商品の訴求がメインなんです」

という理由からなのだとか。マネキンによっては販売ノルマを課されたり、逆に売上高に応じて日給が加算される会社などもあるそうだが、このあたりは緑子たちのＧＫコーポレーションと同じシステムらしい。

またいつも同じロゴの入ったＴシャツを着ていることから、担当するサプリメント会社は一社だけのようだが、これに関しては、

「スポーツの世界にも関わりが深いものなので、さすがに競合するメーカーを複数扱うことはできません。このメーカーはエビデンスがしっかりしてる商品しか出さないし、自分もよく使うので説明しやすくて助かってます」

とのことだった。たしかに緑子たちのような一般食品とは違って、スポーツサプリメントは似たような商品を、八方美人よろしく売って歩くわけにはいかないだろう。

ちなみに「エビデンス？」と聞き慣れない単語に緑子がきょとんとすると、「科学的根拠のこと。ヒトの体に対して、何かしらのポジティブな効果が出た研究結果にもとづいていますよ、っていう証明だね」と、いつかのように少しだけ楽しそうに説明された。

そんな羽田が今日売っている商品は、大会に合わせたジュニア向けのプロテインドリンクと「水溶性、つまり汗で失われる栄養素だから」という理由で、ビタミンBとCが入ったドリンク、さらには緑子が見たことないメーカーのスポーツドリンクという三種類だった。プロテインとビタミンのドリンクは、試飲も可能なようだ。

向こうも相変わらず、売れてるみたいね。

賀那子につっこまれたものの、なんとはなしに彼の方を眺めたまま緑子は思った。

少なくとも緑子が知る限り、羽田の商品はいつも売れている。何度も感じたことだが、ただ単に栄養学に詳しいだけでなく、トレーナーらしくスポーツの現場に即したアドバイスをわかりやすくしてくれるので、お客さんから信頼されるのだろう。

そこへ練習着姿の女の子がふたり、彼のテントに近寄ってきた。おそらく小学校五、六年生くらいの可愛い子たちだ。合わせて六面ものピッチがあるサッカー場なので、大会は女子の部も開催されている。

「すみません！」

「こんにちは！」

日焼けした顔に少女らしい弾けるような笑みを浮かべて、女の子たちは羽田に声をかけた。

「はい」

「えっと、このジュニアプロテインていうの、何味ですか？」

緑子と賀那子に近い側に立つ、髪をツインテールにした女の子が、目の前に人差し指を向けて尋ねる。

「マスカット味と、ココア味がありますよ」

「へえ」

「おいしそう」

ツインテールの子は、並んで立つポニーテールの友達と顔を見合わせた。そうしてふたりとも正面に向き直り、少しだけ上目遣いになる。プロテインドリンクだけでなく、目の前のハンサムなお兄さんも気にしている様子だ。

……また、ばっちり目ぇ合わせてる。

軽い笑みとともに彼女たちの視線を受け止める羽田を見て、緑子はなぜか頬をふくらませてしまった。隣で賀那子が笑いを堪えるように口元に手をやったが、自身はまるで気づかない。

女の子たちに向けて、羽田がいつものわかりやすい商品説明を始めた。

「プロテインは骨や筋肉のもとになるタンパク質っていう栄養だから、どっちかっていうと、練習や試合が終わってから飲むのがお勧めかな」

「え？」

「そうなんですか？」

「うん。逆に試合の合間はゼリーとかバナナでエネルギーを取ったり、汗で失われた水分やミネラルをしっかり補給した方がいいと思う。今日も暑いからね。こっちのドリンクは、その汗で失われるビタミンBとかCが入ってるやつなんだ。レモン味だから飲みやすいよ」

「へえ」

「そうだったんだ」

目を丸くして、ふたりの少女は頷き合う。

「とはいっても、プロテインも飲んでみたいよね。どれも味を確認することはできるから、お試しでちょっとずつ飲んでみる？」

「はい！」

「やった！」

嬉しそうな女の子たちに変わらない微笑を返しながら、羽田は説明したジュニア向けプロテインとビタミン入りドリンクのサンプルを、クーラーボックスの片隅から取り出した。手元の紙コップにそれぞれを手早く注ぎ、成分へのアレルギーがないことも確認してから渡していく。

「はい、どうぞ」

「ありがとうございます！」

声を揃えたふたりが試飲を始めると、なんと羽田は緑子たちの方を手で示し、「普通のスポーツドリンクや水は、向こうのテントで売ってるよ。お姉さんたちに聞いてみて」とこちらの営業までしてくれた。

「え⁉」

「あら」

緑子と賀那子が目を丸くすると、彼が軽い会釈とともに「よろしく」という形に口を動かすのがわかった。トレーナーらしく、羽田は仮に自分の商品が売れなくても、選手皆により良いコンディションで大会を続けてほしいのだろう。そんな気持ちが伝わったのか、女の子たちもさっき以上にはにかんだ目で彼を見つめている。

……やっぱり、女子選手にもてるんじゃない。

ふたたび頬をふくらませ、緑子は頭の中でつぶやいた。


女の子ふたりは羽田からビタミン入りのドリンクを買ったあと、勧められたとおりこちらのテントにも来てくれた。

「こんにちは！」

やはり揃った声で元気に挨拶してから、クーラーボックスの前に近づいてくる。健康的で礼儀正しい小さなスポーツウーマンたちを、気を取り直した緑子も賀那子とともに笑顔で出迎えた。

「あとは、水でいいよね」とポニーテールの子が相棒に確認し、「お水をふたつくださいい！」とクーラーボックスの中を指差した。

「こんにちは。お水ですね。二本で二百円ちょうどです」

「はい！」

ポニーテールの子が差し出した二枚の小銭を例によって緑子が受け取り、賀那子の方は拭ったペットボトルをツインテールの子に手渡す。ちょうど二対二で向き合った形ということに加えて、自分たちも小柄なので、
なんか、おたがいの妹みたい。

と、緑子はくすぐったいような気持ちになった。笑顔で一瞬だけアイコンタクトを送ってきた賀那子も、同様の感想を抱いたようだ。

でも、いいなあ。

炎天下とはいえ、夏休みに友達と好きなスポーツをめいっぱい楽しめる彼女たちが、緑子にはまぶしかった。それは決して、テントの外を照らす強い日差しのせいだけではないだろう。

「サッカー、楽しい？」

気がつけば、さっきの男の子と同じように女の子たちに一声かけていた。

「はい！」

「すごく楽しいです！」

元気に返事をしたふたりが、「ね！」と顔を見合わせる。言葉どおり、サッカーが楽しくて仕方がないという顔だ。

良かった、と心から思った緑子は重ねて聞いてみた。

「監督さんとかコーチさんは、優しい？」

「はい！」

「超優しいです！」

ポニーテールの子、そしてツインテールの子と間髪容れずに答えてから、少女たちはころころと笑ったまま続ける。

「無理しちゃだめだよとか、楽しんでってよく言ってくれます」

「今日は来てないけど、あおいコーチはいつも『頑張りすぎて周りが見えなくなると、あたしみたいにもてなくなっちゃうよ』って教えてくれます」

ツインテールの子が口にしたコーチの台詞に、緑子も賀那子もつい笑ってしまった。女性のようだが、気さくで面白い指導者なのだろう。

「でも」と、ポニーテールの子が緑子を見上げた。ツインテールの子とともに、日焼けした顔にちょっぴり誇らしげな表情が浮かんでいる。

「楽しみながら、常に正々堂々とサッカーしなさいって」

「うん。汚いプレイとか、危ないタックルとか絶対しちゃだめだって。そんなことしてせこく勝つぐらいなら、正当に戦って負ける方がよっぽど立派だよって言われました」

「へえ」

女の子たちが信頼する「あおいコーチ」は気さくなだけでなく、とてもいいコーチのようだ。「すてきなコーチさんね」と、賀那子も目を細める。

すると彼女たちの話題は、徐々に女の子らしい方向へと脱線していった。

「けど、あおいコーチ、その気になればもてそうだけどなあ」

「めっちゃ可愛いのにね。なんで彼氏いないいんだろ」

「理想が高すぎるんだよ、きっと」

無邪気かつ容赦ない論評に、緑子と賀那子は噴き出しそうになった。いずれにせよ、『あおいコーチ』は本当に慕われているようだ。

――いいなあ。

微笑ましく、そして少しだけ羨ましく思いながら、緑子は声に出さずもう一度つぶやいた。

サッカーに限らず、様々なスポーツで今は女性への門戸が開かれている。また指導者にも女性が増えて、彼女たちのコーチみたいに優秀な人もたくさん存在する。もちろん同性だから無条件にいい監督、いいコーチというわけではないが、相談しやすい部分があるのはたしかだ。あと数年経って、この子たちが思春期にさしかかったりすればなおさらだろう。

いずれにせよ、小さな女の子がなんの心配もなくスポーツに取り組めている姿が、同じ女性として緑子にはとても輝いて見えるのだった。

「サッカーもコーチも、大好きなんだね」

「はい！」

声を重ねて緑子に答えた女の子たちは、この場の空気にすっかりなじんだからか、またしても無邪気な台詞を口にした。

「あの」

「なあに？」

ポニーテールの子に聞き返すと、彼女は隣に立つ相棒に視線を送った。緑子と賀那子ではないが、アイコンタクトで意志の疎通をしてみせる。

頷いたツインテールの子が、先ほどまで自分たちが訪れていたテントに目をやりながらストレートに聞いてきた。

「お姉さんは、あっちにいるイケメンのお兄さんの、彼女さんとかじゃないですよね？」

「ち、違います！　ていうか、なんであたし!?　ここにはふたりいるじゃない！」

「だって、さっきあたしたちがお兄さんとお話してたら、ヤキモチっぽい顔でこっちを見てたから」

「…………!!　気のせいよ、気のせい！」

羽田の優しい接客を若干複雑な気持ちで眺める様を、しっかり見られていたらしい。

その羽田にちらりと目をやると、いつの間にか別のお客さんに対応中だった。幸い、こちらの会話は聞こえていないようだ。

「そ、そんなことより、次の試合は大丈夫？　準備しないといけないんじゃない？」

「あ、そうだった！　Bチームの応援しなきゃ！」

「じゃあ、ありがとうございました！」

小さなスポーツウーマンあらため、小さな芸能記者のようになったふたりをなんとか追い返すことに成功した緑子は、ハンカチを口に当てて肩を揺らす賀那子の姿に気がついた。

「……何笑ってるんですか、賀那子さん」

「ううん、汗拭いてただけよ、汗」

絶対に違うでしょう、とつっこみたくなる気持ちを押さえて、緑子もいつの間にか額に浮いていた汗をタオルハンカチで拭ったのだった。

2

女の子たちが去ったあとも、お客さんはまだまだ途切れなかった。緑子と賀那子、そして隣のテントでは羽田も、てきぱきとそれぞれのドリンクを販売していく。大変だが商品を買ってくれるのはありがたいし、この暑さなので選手やスタッフ、応援に来ている人たちの熱中症も心配だ。自分たちの売る品物が、予防に少しでも役立つなら嬉しいと緑子は思った。

なんとか流れが一段落した、三十分ほどのち。

落ち着いたところを見計らうようにして、大人の男女が二組、連れ立って現れた。いずれも四十歳前後だろう。

「いらっしゃいませ！」

「各種ドリンク、販売中でーす！」

今日は父兄による水やスポーツドリンクの購入も多いので、すかさず賀那子と緑子が声をかけたものの、四名の大人は羽田のテントへと歩み寄っていった。

「あらら。やっぱり、イケメンには敵わないわね」

「賀那子さん、男性もいますってば」

苦笑しながら先輩と顔を見合わせたあと、緑子はまたさり気なく羽田の様子を窺うことにした。先刻の芸能記者みたいな指摘はともかくとして、賀那子と同じく優秀なマネキンである彼から、いつものように吸収できるものはなんでも吸収しておきたい。

「あれ？」

テントに視線を移そうとしたタイミングで、緑子の口から声が漏れた。

大人たちに遅れて追いついた、連れのお客さんがふたり。

「さっきの子たちよね？」

賀那子も気づいたようだ。四名の男女に駆け寄ってきたのは、ツインテールとポニーテールがよく似合う、あのコンビである。どうやら彼らの娘だったらしい。

「こんにちは」

四人いる父母の中で、もっとも年長と思しき四十過ぎに見える男性が、羽田に声をかけた。眼鏡をかけた知的な風貌に、ゴルフウェアっぽいポロシャツとスラックス。いかにも「日曜日のお父さん」といった風情だ。

「こんにちは。いらっしゃいませ」

羽田も普段どおり、ささやかな笑顔とともに挨拶を返す。お母さんらしきふたりの女性が彼のルックスに一瞬見とれる後ろで、娘同士が目配せを交わし合った。

「ちょっと聞きたいんですが」

ティーンエイジャーのようなリアクションをしている妻たちに苦笑しながら、もうひとりのお父さんも声を発した。こちらはTシャツと短パン姿で、頭にはサングラスも載せており、ゴルフウェアのお父さんよりも若くてスポーティな印象を受ける。

「はい。なんでしょうか」

落ち着いて答える羽田に、スポーティな父親が続ける。

「さっき、この子たちにプロテインを飲ませてくださいましたよね？」

「ああ、はい」

頷いた羽田は、両親の背後に立つ二名の小さなスポーツウーマンに「さっきはありがとう」とばかりに目線を送った。女の子たちが、またもや嬉しそうに顔を見合わせる。

「それに関してはお礼を申し上げます。ただ、ちょっと心配になりまして」

今度はゴルフウェアの父親が、丁寧に付け加えた。心配、という言葉に緑子が思わず「え？」とつぶやくと、羽田も軽く眉を上げている。

「と、仰いますと？」

それでも微笑を崩さず先を促す彼に対し、ゴルフウェアの父親も敬語のまま、けれども困ったように質問した。

「その、子どもがプロテインを飲んでも大丈夫なのかな、と思ったんです」

「筋肉がついて背が伸びなくなったりするって、言うじゃないですか」

スポーティな父親が、眉間に軽くしわを寄せてみせる。いつの間にか母親両名も、不安げな表情だ。逆にジュニアプロテインを試飲した本人たちは、引き続きはにかんだ笑顔で羽田に見とれているので、彼らは今の内容を娘には伝えていないのだろう。それこそ心配させたくないのかもしれない。

「ああ、なるほど」

二組の父母がわざわざテントを訪れたわけを理解した羽田は、笑みを深くしてふたたび頷いた。

「ご安心ください。あれは、単なる迷信です」

「え？」

「そうなの？」

夫婦は、それぞれで顔を見合わせた。

目を丸くする彼らに羽田があの冷静な、だが決して冷たくはない口調で解説を始める。

「そもそも筋肉がついて背が伸びなくなる、という考えかた自体が科学的に間違ってるんです。筋肉は別に硬いものじゃないですし、骨の蓋をするようについているわけでもありません。実際、背が伸びる際には、骨も筋肉も一緒に大きくなりますよね」

「あ、そうか」

「言われてみれば」

父親ふたりの言葉と同時に、クーラーボックスの前に立つ全員が納得した顔になった。自然と女の子たちも、興味津々で羽田の話に聞き入っている。

うん、これこれ。

様子を見ていた緑子も、ひそかに微笑んだ。毎度ながら、羽田の栄養学に関する説明はすごくわかりやすいのだ。学校の先生にでもなれば、間違いなく女子生徒に大人気だろう。

「筋肉がつくと背が伸びなくなるっていうのは、おそらく体操選手やウエイトリフティング選手から受ける単なるイメージです。ああいったスポーツは、たしかに筋肉がしっかりついていて、かつ背が低い選手がオリンピックなどで活躍していますよね。でもそれは背が低いと有利な競技だから、トップレベルになるほど小さい選手が多いというだけの話です。空中で何回転もするには小柄で身軽な方がいいですし、ウエイトリフティングにしても、手足が短くて身長が低ければ最短距離でバーベルを持ち上げやすくなりますから」

「ああ、なるほど」

スポーティな父親がつぶやいて、ゴルフウェアの父親と顔を見合わせる。

「ただ、背が低い選手が多いっていうのは、今言ったようにあくまでもトップレベルでの話です。例えば、体操教室に通っているお嬢さんたちと同じくらいの年頃の小学生には、背の高い子だってたくさんいますよ」

「あら」

「そうだったのね」

「はい」

感心した表情になって自分を見つめる母親にも同時に返事をして、羽田は解説を続けた。

「それと、プロテインはタンパク質を英語にしただけです。ですからもとは、牛乳や大豆からつくられています。今日お出ししているジュニアプロテインはホエイプロテイン、つまり牛乳をもとにした動物性タンパクですが、いずれにせよタンパク質は筋肉だけじゃなくて骨をつくる材料にもなるので、むしろ成長期のお子さんは摂取量が不足しないように、意識的に取ることをお勧めしてます。特に、お嬢さんたちのようにスポーツをやっているならなおさらです」

さっきも言われた、「お嬢さん」という呼びかたに嬉しそうな顔をしながら、女の子ふたりも声を出した。

「うん！　骨のもとになるって、教えてもらったよ！」

「練習とか試合のあとに飲むと、いいんだって！」

にこにこと見上げてくる娘の顔を見て、それぞれの両親はすっかり納得してくれたようだ。

「そういうことだったんですね。じゃあ、ゴルフのあとにも飲んだらいいのか」

「すみませんでした、素人が偉そうに」

苦笑とともに軽く頭まで下げてくる父親ペアに、「いえ、普通はご存じないことでしょうから」と、羽田も笑顔のまま首を振ってみせる。テント内は質問が始まったときが嘘のような、穏やかな雰囲気になっていた。

「ねえシオリ、せっかくだから、試合が終わったら買いに来よっか」

「本当!?　やった！」

「サキも、そうする？」

「うん！　ありがとう！」

母親に言われた『シオリ』ちゃんと『サキ』ちゃんは、もはや満面の笑みである。

「すみません、じゃあ試合が終わった頃、あらためて伺います」

「お騒がせしました」

「いえ、ありがとうございます。お待ちしています」

父親たちの言葉とともに、二組の親子はにこやかに会釈してグラウンドへと戻っていった。

「ピンチはチャンス、ってやつね」

緑子の背後から、同じく様子を窺っていたらしい賀那子が感心した口調でつぶやいた。

緑子も「そうですね」と、心から頷くしかない。

クレームとまではいかないが、商品の安全性をわざわざ確認しにきたお客さんに対して、逆に鮮やかな説明とともに安心感を与え、むしろ購買意欲をそそってみせた羽田の手際はお見事という他なかった。悔しいけれど、自分だったら到底あそこまではできないだろうとも思う。

プロだなあ。

ますます憧れる目になったところで、当の羽田が「ん?」という顔で唐突に振り向いた。

「どうしたの、一色さん?」

「い、いえ! かっこいい……じゃなかった、すごいなあと思って見てました! 勉強させていただきましたっ!」

不器用な職人まがいの返事になってしまい、後ろで賀那子が噴き出す気配もする。だが羽田はいつものように、当たり前のことをしただけという顔と声で返してきた。

「よくあるんだ。プロテインを飲むと、筋肉がついて背が伸びなくなるんでしょっていう誤解。だから説明し慣れてるだけだよ」

「そ、そうですか」

なんとか答えながらも、緑子は彼の顔をまだぼけっと見つめていた。

「一色さん、大丈夫? 熱中症とかじゃないよね?」

「え? あ、はい! 大丈夫です!」

心配そうに小首を傾げられ、我に返った緑子はあわてて体の向きを変えた。背後の長机に置いてある自分用のペットボトルから、スポーツドリンクをごくごくと口に含む。

熱中症ではないだろうが、なんだか顔が熱い。

「接客は、うまくなったんだけどねえ」

笑ったままの賀那子が、呆れたようにつぶやいた。

3

お客さんの波が完全に落ち着いたのは、昼過ぎになってからだった。

男女合わせて十チーム以上が集まる大会だが、事前にもらったタイムテーブルによれば、低学年の部がそこで終了して子どもたちの数が少し減ったようだ。あとは四年生以上の試合が、夕方まで続く予定である。

先に昼休みを取った賀那子と交代して、緑子もサッカー場の反対側にある大型スタジアム内の休憩所で、ようやく涼むことができた。

「一色さん」

「あ、羽田さん」

冷房の効いた休憩所で、持参した菓子パンを緑子が頬張っていると羽田が現れた。彼もちょうど休憩時間のようだ。

「ここ、いい？」

「はい！　どうぞ！」

思わず接客時のような返事になってしまったが、羽田は軽く微笑んだだけで「じゃあ、失礼します」と律儀に言って、緑子の斜向かいに腰を下ろした。『レストホール』という名称のここは、椅子で囲まれた小さなテーブルが複数置いてあり、他にも自動販売機や、スタジアムを本拠地にするJリーグチームのグッズショップなどが設置されている。

「羽田さんも今、休憩ですか?」

「うん。さっき西郷さんに、これ売ってもらっちゃった。大丈夫だよね?」

答えた羽田は、持ってきたコンビニのビニール袋からペットボトルを取り出した。緑子と賀那子が販売中のスポーツドリンクだ。

「もちろんです。お買い上げ、ありがとうございます」

今度は意識して接客風のリアクションでおどけてみせると、羽田も合わせるように、「いえいえ、どういたしまして」とさっきより大きく笑ってくれた。

お客さんにも、これぐらい笑えばいいのに。

「うん?　どうかした?」

「あ!　いえ!」

またしても、彼の顔をじっと見つめていたらしい。ごまかした緑子だったが、直後に「あれ?」と口にした。

「羽田さん。お昼、それですか？」

ペットボトルが入っていたビニール袋は小型のもので、透けて見えるのはなんと、どらやきと大福だった。

「ああ、違うよ。食事はもう済ませたんだ」

「え？　どこか他に食べるところ、ありましたっけ？」

「グラウンドの外にあるベンチで、試合観ながらおにぎりとサンドウィッチ食べてた」

ごく自然に返されたので、緑子は目を見開いた。

「この炎天下で!?」

「一応、照明塔の細い影があったから。観たのも前半の途中、十分ぐらいだけだよ」

「それにしたって」

なんでわざわざそんなことを、と言いかけてすぐに気づく。

「あ！　トレーナーさんだから？」

「まあ、そんなところ。別に大会のトレーナーやってるわけじゃないけど、スポーツの現場を観たくなっちゃうのは、職業病みたいなもんだね」

「へえ」

プロ意識の高さに、緑子はまたしても感心させられた。

あたしも早く、一人前の〝忍者〟にならなきゃ。

マネキンは食育を広める公儀隠密＝忍者のような仕事、という教わったモットーを思い浮かべたからだろうか、目の前にある同じく〝和〟を連想させるものが気になった。

「羽田さんて、和菓子が好きなんですか？」

聞かれた羽田が、少しだけ恥ずかしそうに「うん」と頷く。

「じつは甘党なんだ。お酒も飲まないし。もちろん煙草だって吸わないよ」

「あら、意外ですね」

アメリカでトレーナーの資格を取ったと聞いたから、勝手ながら向こうの野球場に看板が出ているようなビールを、瓶のままかっこよく飲めそうなイメージだった。

「アメリカにいるときに一度、大学の選手たちにパーティに連れて行かれたんだけど、逆に介抱される羽目になって、かなり恥ずかしかった。アルコール、すごく弱いんだ」

「あはは、ちょっと見てみたいかも」

クールになんでもこなせる人かと思いきや、存外可愛らしい一面もあることが知れて、緑子はなんだか嬉しくなった。

「でも、和菓子はアスリートにも勧めやすいんだよ」

恥ずかしさをごまかすように、羽田がいつもの冷静な口調に戻る。栄養学について、また何か教えてくれるつもりのようだ。

「基本的にバターや生クリームを使わないから低脂肪だし、大福や団子なんかは腹持ちも悪くないから、おやつにはもってこいなんだ」

「そうか、炭水化物ですもんね」

餅や団子が米、つまり炭水化物からできていて、それが体を動かすエネルギーになることぐらいは緑子もわかる。

「うん。ただ、最近よく聞く〝糖質〟も炭水化物も、基本的には同じものってことは意外に知られてないかもね」

「え⁉　そうなんですか？」

恥ずかしながら緑子も、ふたつは別物のように思っていた。

「糖質は、別に甘いものだけのことを指すんじゃないんだ。人間のエネルギーになるデンプンとかブドウ糖の名前は、一色さんも聞いたことあるでしょう」

「はい。それは知ってます」

「炭水化物っていうのは、そういうものと食物繊維を引っくるめた総称なんだけど、体で消化されるのは糖質の方だから、栄養学の世界では実質的に炭水化物イコール糖質っていう風になってるんだよ」

「へえ」

「だからご飯もお餅も、パスタもパンも、みんな糖質がメインっていうわけ。別に、そのままで甘みがあるわけじゃないけどね」

「なるほど」

相変わらずのわかりやすい説明に、緑子は何度も頷いた。解説を興味津々で聞くその様は、場所が違えば家庭教師と女子中学生のように見えるかもしれない。

「それと、体だけじゃなくて脳のエネルギー源になるのもブドウ糖、つまり糖質だから、最近流行ってる糖質カットとか糖質制限ダイエットみたいなのは、行きすぎると逆に健康を害すると思う。トレーナーとしては、勧められないかな」

「え？　そうなんですか？」

緑子自身は興味を抱いたことなどないが、たしかに糖質制限や糖質カットという言葉は昨今、いろいろな場所で耳にする。だがあれも、良し悪しということらしい。

「少なくとも、アスリートには絶対に指導しないよ。体も頭もフル回転させる人たちなのに、そのためのエネルギーを補充しないなんて自殺行為だからね。体重を減らしたければやっぱり、炭水化物やタンパク質より遥かにカロリーが高い脂質、つまり脂肪分の摂取量こそ減らさなきゃ」

「そっか、だから和菓子はお勧めなんですね」

「そういうこと。体が甘いものを欲しがっているときも、余計な脂質を取らずにエネルギー源の糖質だけを取れる。だから俺も、和菓子は好きなんだ」

「なるほど」

もう一度頷いた緑子は「ちょっといいですか」と、傍らのトートバッグから自分のスマートフォンを急いで取り出した。今、羽田から聞いたことをメモしておこうと思ったのだ。

突然の行動に軽く目を見開いた羽田だが、「一色さんらしいね」と笑ってから、テーブルに置いたビニール袋へ手を入れた。

出てきたのは、どら焼きである。

「じゃあ、忘れないためにも〝糖質〟を実地で味わってみる？」

言いながら、袋に入ったままのどら焼きを半分に割ってくれる。

「いいんですか？　やった！　いただきます！」

笑顔で「どうぞ」と差し出されたどら焼きの半分を、緑子はおやつをもらった子犬のように、目を輝かせて頬張った。

4

一足先に戻った羽田に続き、緑子も休憩を終えて賀那子の隣に戻った。

三人並んでのブース販売が再開した、午後二時半。

「でも、まだまだ暑いですね」

「こればっかりは、誰のせいでもないけどね。あと二時間、頑張ろう」

苦笑混じりに言葉を交わした緑子と賀那子の耳に、一番近くにあるグラウンドから男性の声が聞こえてきた。

「今？　ええっと……二十七度！」

緑子と賀那子は、思わず顔を見合わせた。おそらくはピッチ脇のテントにいる大会スタッフか予備審判の人が、誰かに答えたのだろう。だが二十七度とは。この暑さだから、てっきり三十度はあると思っていた。

「気温自体は、そこまでじゃないんだね。やだなあ、もう若くないってことか」

ため息を吐く賀那子に、緑子は笑ってしまった。

「賀那子さん、まだ二十四じゃないですか」

「もう二十四よ。いいなあ、緑子ちゃんは。見た目なんて十四歳だもんね」

「……あんまり嬉しくないんですけど」

唇をとがらせると、「ごめん、ごめん」と賀那子は笑いながら謝って、お詫びにささやかな情報を教えてくれた。

「ちなみに、羽田さんていくつか知ってる？」

「あ、そういえば聞いたことなかったかも」

「二十三だって。さっき聞いちゃった」

「へえ」

たいして興味がないふりをしつつ、緑子は二十三歳という彼の年齢を、素早く脳内にインプットしておいた。

ひとつだけ年上だったんだ。でも、近くて良かった。

何が「良かった」のか、自分でも深く考えないまま隣のテントに目を走らせると、羽田にしては〝らしくない〟姿が見えた。

お客さんが来ないからか、背後を振り返った羽田は長机の端に手を伸ばし、そこに置いたバッグの向こう側で、何かを確認したり操作したりしているのだった。そういえばさっきから、たびたび同じ仕草が視界に入っていたような気もする。

「羽田さん」

緑子は笑って声をかけた。

「え？」

「サボっちゃだめですよ。スマホばっかり見て」

「ああ、ごめん。サボってたわけじゃないんだけど」

困ったような顔で答えた彼は、だがまたしても意外な行動に出た。

目の前にあるクーラーボックスからペットボトルを二本取り出し、緑子たちの方に歩み寄ってきたのだ。

「一色さん、西郷さん」

「はい？」

「どうしたんですか？」

きょとんとするふたりに、手にしたペットボトルが差し出される。緑子が、知らないメーカーのスポーツドリンクだと思っていた商品だ。

「これを、冷やして持っておいてください」

「え？」

「あら、くれるんですか？」

「ええ。サンプル用ですし同じものがたくさんあるので、ぜひ」

受け取ったペットボトルの商品名に気づいたのは、賀那子だった。

「あ！　これ、経口補水液だったんですね！」

「はい」

頷く羽田を見て、緑子も理解した。ペットボトルをよく見ると、たしかに《経口補水液（個別評価型病者用食品）》とラベルに書いてある。

「経口補水液って、熱中症とか脱水症状に使われるやつですよね？」

「うん。この季節は特に自覚のないまま、急に倒れちゃうこともあるから。一応、ふたりにもと思って」

さすがと言うべきか、羽田のブースはジュニアプロテインと水溶性ビタミンに加えて、こんなものまで用意していたのだ。緑子と賀那子は頷き合って、笑顔で礼を述べた。

「ありがとうございます！　助かります！」

「たしかに、無意識のうちに脱水症状になることもありますもんね。ありがとうございます」

羽田も「いえ」と笑顔で答え、サッカー場の方向に目をやりながら自分のテントに戻っていく。

そのとき緑子は、彼の背中が小さくつぶやくのを聞いた。

「やっぱり、足りないな」

「え？」

何が足りないのだろう？

だが聞き直すよりも先に、自分のテントに戻った羽田は、なんとクーラーボックスに蓋をしてしまった。

「羽田さん？」

また休憩を取るつもりだろうか。まさか、ここで店じまいということはないだろう。様子に気づいた賀那子も、ぽかんとしている。

ふたりの戸惑いなど気にせず、羽田はいつもの冷静な表情のまま《外出中》とクーラーボックスに張り紙をすると、「少し出かけてきます」とだけ告げて、本当にどこかへと走り去っていった。

「え？　羽田さん!?」

「どうしたのかしら？」

突然の職場放棄に顔を見合わせた緑子と賀那子だったが、すぐ我に返った。

目の前にあるグラウンドが、騒がしい。複数の緊張した声も聞こえてくる。

「とりあえず日陰へ！」

「氷を！　早く！」

「大丈夫？　歩ける？」

首を伸ばした緑子は、思わず声を上げた。

「あっ！」

グラウンドを囲む金網の出入り口部分に、ユニフォームを着た小さな姿が、両肩を支えられるようにして近寄ってくる。意識はあるが足下はおぼつかないし、明らかにぐったりした感じだ。

「さっきの！」

「シオリちゃん、だっけ」

声こそ落ち着いているが、賀那子も驚いた顔である。

大人たちに支えられながらグラウンドから運び出されるのは、昼休み前に二度も出会った少女たちのうち、「シオリ」とお母さんに呼ばれていたポニーテールの子だった。

試合中に運び出されたらしく、ツインテールの相棒、サキちゃんは姿が見えない。

「熱中症ね」

「みたいですね」

自分たちではないものの、羽田が言っていたそばから熱中症患者が出てしまった。それも、接客してゆっくり話までした子だ。

「大丈夫かな……」

緑子の胸が、我がことのように痛む。

シオリちゃんはサキちゃんと一緒に、羽田と自分たちのところでビタミン入りドリンクと水を、しっかり買っていってくれた。にもかかわらず熱中症になったということは、やはり照り返しの強い人工芝のピッチ上は、二十七度という気温以上の暑さなのだろう。いかにサッカー選手とはいえ小学生の、それも女子には相当堪《こた》えたはずだ。

せっかく、楽しくサッカーしてたのに……。

無意識のうちに、緑子は一歩を踏み出しかけていた。

せっかくの夏休みなのに。せっかくのいいグラウンドなのに。せっかく大好きなサッカーに、一生懸命なのに。

先月、羽田が言った言葉が甦る。

――好きなことに真摯に向かい合って努力することが楽しい。

シオリちゃんのそんな気持ちが、これをきっかけに萎《な》えてしまったりしないでほしい。

「賀那子さん、あたし――」

ちょっと見てきます、と何ができるわけでもないが、我慢しきれずに飛び出そうとしたとき。

「一色さん！　西郷さん！」

羽田が駆け戻ってきた。形のいい顎先から汗を滴らせ、両手にはコンビニの大きな袋をふたつぶら下げている。

「間に合って良かった！　手伝って！」

自分のテントに入った羽田は、袋を長机に置きながら緊張した声で告げた。鋭い視線がグラウンドの外、大きな木の陰にようやく座らされたシオリちゃんに何度も向けられる。

彼が置いたコンビニ袋から覗くものを見て、緑子と賀那子は顔をぱっと輝かせた。

「そっか！　氷を買いに！」

「ちょうど良かった！」

ふたりにも語ったように羽田はトレーナーらしい観察眼で、誰かが熱中症で倒れるかもしれないことを予想したのだろう。それを見越して、じゅうぶんな量の氷を補充しにいっていたのだ。

「首とか腋の下に、当てればいいんですよね！」

走り寄った緑子がすぐにビニール袋を受け取ろうとすると、だが羽田は「ちょっと待って」と手のひらを突き出した。

「え？」

そのまま続けられたのは、意外な頼みごとだった。

「俺の商品を全部、そっちのボックスに入れさせて」

「はい？」

「ここを空にしたいんだ。早く！」

「は、はい！」

きょとんとしかけた緑子だったが、自分でも驚くほどすんなりと羽田の言葉に従っていた。彼がいつものように、いや、いつも以上にしっかりと目を合わせて伝えてくれたからだろうか。いずれにせよ、きっと間違いはないはずだ。

マネキンが、ただの売り子さんじゃないって教えてくれた人だもの！

むしろ心強ささえ感じつつ、言われたとおりに羽田の商品を自分たちのクーラーボックスへ次々と放り込む。賀那子もやはりなんの疑問も抱かない表情で、てきぱきと同じことをしてくれた。

「よし」

自分のクーラーボックスが空になったことを確認した羽田は、そこであらためて大量の氷を指差した。

「一色さんと西郷さんは氷を全部、こっちのクーラーボックスに入れちゃってください。俺はあの、シオリちゃんていう子を連れてきます」

「クーラーボックスに全部、ですか？」

「つまり、お風呂みたいにしとけってことですね！」

一足先に意図を察したらしい賀那子の、「お風呂」という言葉に緑子は目を見開いた。まさか。

「お願いします。こんなことであの子にサッカーを、スポーツを嫌いになってほしくないですから」

微笑んだ羽田が、木陰でぐったりとなったシオリちゃんの下へ駆け寄っていく。彼女と一緒に自分のテントを訪れた両親をはじめ、周囲の大人といくつか言葉を交わした彼は、なんのためらいもなく小さな体をひょいと抱え上げた。いわゆる、お姫様抱っこの形だ。

「とにかく、体を冷やさせて」

「は、はい」

「足から入れるから大丈夫だよ」

「はい」

戸惑うシオリちゃんを安心させるように言いながら、羽田が戻ってくる。そして、緑子の予想どおりのことをした。

「じゃあ、いくよ」

「…………!!」

冷たさに少しだけ顔を強張らせたシオリちゃんの体が、羽田の腕から氷水が満ちたクーラーボックスの中へと移された。

「じゃ、じゃあ、水分補給もさせましょう」

羽田のあとを心配そうについてきた、あのゴルフウェアを着たシオリちゃんのお父さんが、続けて手に持っていたスポーツドリンクを娘に飲ませようとする。

それをやんわりと遮ったのは、緑子だった。

「待ってください。たぶん、こっちの方がいいと思います」

「え」

穏やかな声とともに緑子が掲げてみせたのは、羽田がくれた経口補水液である。彼がシオリちゃんを運んでくる間に、自分たちのクーラーボックスから取り出しておいたのだ。

「羽田さん、スポーツドリンクよりこっちですよね」

息の合ったアシスタントよろしく、「寒気とかはしないよね？」とシオリちゃんへの問診をしていた羽田に確認する。氷水に体を浸けるという応急処置には緑子もさすがに驚かされたが、彼への揺るぎない信頼と尊敬から、すぐに落ち着きを取り戻すことができていた。

「ありがとう、そのとおりだよ。シオリちゃんに少しずつ飲ませてあげて」

「わかりました！」

答えた緑子はペットボトルのキャップを開いてから、「ガブ飲みしないで、少しずつ飲んでね」と、クーラーボックスに肩まで浸かったシオリちゃんに経口補水液をそっと手渡した。隣では賀那子が、もう一本の経口補水液も準備している。

緑子たち自身の手元にスポーツドリンクがあるにもかかわらず、先ほど羽田は熱中症予防のためにわざわざ経口補水液を渡しにきた。つまりこういう状況では、スポーツドリンクよりも経口補水液の方がより適切なのだ。

「ありがとう、ございます」

「ううん。安心して、ゆっくり体を冷やしてね。このお兄さんに任せておけば、絶対に大丈夫だから」

弱々しい声で、それでもしっかりとお礼を言うシオリちゃんに優しく頷いてから緑子は視線を上げた。「このお兄さん」が、めずらしく照れたような顔をする。思わず笑って反対隣を見ると、頼りになる先輩も自分と同じ笑顔だった。

目的に合った食べ物や飲み物。健康のための食事。You are what you eat.

それを理解し伝えていくのが、マネキン。食育の忍者。

ふたりが芽生えさせてくれたささやかな自覚とともに、緑子はもう一度「大丈夫だよ」と、小さなスポーツウーマンに微笑みかけた。


「熱中症は体の深部体温《しんぶたいおん》を下げることが必須だから、太い血管のある首筋や腋の下、腿の付け根を冷やせってよく言われるけど、最近の研究ではそれだけでは効果が薄いことがわかってきたんだ。一番いいのは、こうやって氷水に全身を浸けてしまうこと。ちょっと冷たいけどね」

落ち着いたところで羽田は緑子と賀那子、そして同じくテント内に集まって心配そうにクーラーボックスを取り囲む、保護者や大会スタッフにも聞こえるように説明を始めた。

シオリちゃんへ駆け寄った際に、「アスレティック・トレーナーの者です。応急処置をしますから、任せていただけますか」と伝えたそうだが、直後の素早い問診や落ち着いた態度から、すぐに信用してもらえたのだという。

いかにも、トレーナーさんって感じだもんね。

緑子は、我がことのように誇らしかった。しっかりと相手の目を見て真摯に、冷静に質問しながら彼が状況を把握していく様が、目に浮かぶようだ。

「水分補給を経口補水液にしたのは、スポーツドリンクに比べて汗で失われる電解質、つまりナトリウムイオンやカリウムイオンの濃度が高くて、逆にそういった成分の吸収を助けるために糖分は少なめに作られているからだよ。代わりに味は薄くなってしまうけど、熱中症や脱水症状のときはやっぱりこっちがベターなんだ。もちろんスポーツドリンクでも、悪いってわけじゃないんだけど」

羽田の言葉に、症状が落ち着いてきたシオリちゃん本人も頷いている。小学生には難しい単語もあるだろうが、内容はだいたい理解できるようだ。つまりはそれだけ、わかりやすい解説ということだろう。

いったん言葉を切った羽田は、少しだけおかしそうな顔で緑子を見つめてきた。

「なんですか？」

「こっちも説明しておかないと、と思って」

返事とともに彼はいったん自分のテントの長机に近寄って、手のひら大の物体を取り上げた。

「俺が何度も確認してたのは、スマホじゃなくてこれなんだ」

もとの位置に戻ってきた羽田が掲げてみせるのは、ストップウォッチに小型の黒い球がついたような奇妙な機器だった。

「なんですか、これ？」

「温度計？　にしては、変わってますけど」

首を傾げる緑子と賀那子に、羽田が機器の液晶部分を向けてくる。

そこには下から、《湿度：60％》、《気温：30℃》、そして《ＷＢＧＴ：27℃》と表示されていた。

「え⁉　三十度？」

緑子は目を丸くした。隣にいる賀那子も、「あれ？」と驚く。

「だってさっき、グラウンドから二十七度って聞こえましたよ」

答えを求めるように自分を見つめ返す緑子に、羽田は液晶の一部を指さした。

「それはきっと、ＷＢＧＴのことだね。ほら、こっちの数字」

「あ、本当だ！」

彼が示す《ＷＢＧＴ》という数値の方は、まさに二十七度だ。

「ＷＢＧＴは温度だけじゃなく湿度と輻射熱《ふくしゃねつ》も計算して出される数値で、熱中症予防の指標にもなっているものなんだ。気温より低い数値が出ることも多いけど、スポーツにおいてはＷＢＧＴが二十一度以上で注意、二十五度を超えたら警戒レベルで積極的な休憩を取るべきだとされてる。それよりさらに上、ＷＢＧＴ二十八度を超えるようなときは気温も三十一度を超えているはずだし、原則として激しい運動は禁止になってるんだよ」

「てことは、さっきあたしたちが二十七度って聞いた時点で、気温は三十度あったってことですか？」

賀那子の問いに、「でしょうね。俺もこの測定器を、ぎりぎり陽が当たる角度で置いておいたので」と羽田は微笑んだ。つまり緑子と賀那子は、気温とＷＢＧＴを勘違いしていたのだ。

「グラウンド内の運営テントには審判員やスタッフのかたがいるから、僕と同じようにＷＢＧＴを計測していたはずです。そんな中でのやり取りが、聞こえてきたんでしょう。

もちろん大会自体は、試合の途中で水分補給したり体温を下げるためのクーリングブレイクをきちんと入れていました。僕も休憩時間に確認しましたし、最近は日本サッカー協会が、真夏の試合では必ずその時間を取るよう指導してるくらいですから」

周りを囲む大人たちの何人かが、そのとおりとばかりに大きく頷いた。審判服を着た人もいるので、実際に試合を捌《さば》いたり運営したりするスタッフの人たちだろう。羽田がわざわざ休憩時間に試合を観にいったのは、クーリングブレイクの有無を確認するためでもあったのだ。いずれにせよ、大会運営上の大きなミスもなかったことがわかる。

羽田が言葉を切ったタイミングで、クーラーボックスの中から声が上がった。

「あの、あたしが頑張りすぎちゃっただけです」

シオリちゃんだ。顔色がかなり良くなって、緑子から受け取った経口補水液のペットボトルもしっかりと握れている。

「休憩中もテントに入らないで仲間に声かけたり、日なたでストレッチしたりしちゃってたんです。ごめんなさい」

クーラーボックスの縁に手をかけてぺこりと頭を下げるシオリちゃんに、羽田は優しい声で答えた。

「なるほど。それだけ、試合に勝ちたかったんだね」

「はい。せっかく人工芝のいいグラウンドで大きな大会に出してもらったのに、サキと違って、今日は全然いいプレーできてなかったから。せめてチームの役に立ちたくて……」

申し訳なさそうにうつむく姿に、周囲の大人たち全員が温かい視線を向ける。

緑子はその中から、自然とシオリちゃんに歩み寄っていた。

「大丈夫だよ、シオリちゃん。絶対、次のチャンスがあるよ。だってサッカー好きでしょう？　また練習して、試合して、今度こそ活躍したいでしょう？」

「はい」

「大好きなサッカーを続けるためにも、まずは体を大事にしてね。無理せず楽しく、でも正々堂々と、だっけ」

「あ、はい！　ありがとうございます！」

コーチの教えを思い出して、シオリちゃんは気を取り直すことができたようだ。

良かった。

小さく笑みまで浮かべる姿に、緑子は心からそう思った。きっとシオリちゃんはサッカーを、スポーツを続けられるだろう。嫌いになんてならないだろう。

ほっとしたところで、けたたましいサイレンとともに救急車が近寄ってきた。念のため、誰かが通報してくれたらしい。

「失礼します！　さいたま消防です！」

「熱中症だっていうお子さんは？」

降りてきたふたりの救急隊員に、一歩進み出た羽田が例によって冷静に状況を説明する。クーラーボックスに浸かるシオリちゃんを確認した救急隊員たちは、感心した表情で頷いた。

「ああ、トレーナーさんですか。道理で、見事な判断です」

「大変助かりました。ありがとうございます」

「いえ。たまたま現場にいたので」

たいしたことはしていないとばかりに手を振る羽田の姿は、もはや緑子にとって見慣れたものだ。

忍者どころか、正義の味方みたい。

こっそり微笑むと、賀那子に目ざとく気づかれてしまった。

「また見とれてるの？」

「ち、違います！」

その後シオリちゃんは、羽田はもちろん緑子と賀那子にも重ねて礼を述べる両親とともに、「大丈夫でしょうけど、念のためです」と救急隊員に言われて無事病院へと搬送されていった。

救急車が走り去ったあと、周りの人々から自然と拍手が湧き起こった。

「良かった、良かった！」

「皆さんのお陰です！」

「ありがとうございました！」

賞賛が羽田だけでなく、自分と賀那子にも向けられていることを理解した緑子は、なんと答えていいのかわからない。

「いえ、あの、とんでもありません！」

続いて出てきた言葉は、自分でも意味のわからないものだった。

「私も、忍者ですから！」

5

「じゃあ、あとは羽田さんもうちのテントでお手伝いですね」

周囲の人々も解散したところで、賀那子がさも当然のように告げた。言われた羽田が、ぽかんとする。

「え？」

「だってさすがに、人が浸かったクーラーボックスはもう使えないでしょう？」

「まあ、そうですね」

「だから緑子ちゃんの隣で、販売を手伝ってくださいよ」

「いや、でも……」

おそらく羽田自身は、少し早いがこれで店じまいにするつもりだったのだろう。めずらしく困惑した表情だ。

「いいじゃないですか、どうせ羽田さんの商品も入ってるんだし。そもそも、うちのボックスに商品を移すよう指示したのは羽田さんですよ」

「たしかに。ご協力、ありがとうございました」

「代わりにっていうわけじゃないですけど、どうせあと一時間半くらいだから、最後にちょっとだけ一緒にやりましょ。緑子ちゃんだって、嬉しいでしょう？」

いきなり話を振られて、緑子は「嬉しいってなんですか！」と思わず大きな声でつっこんでいた。もはやいつものことだが、律儀に反応してしまう自分が悲しい。

「羽田さんは緑子ちゃんの隣、嫌ですか？」

「いえ、別に」

まだ戸惑っている様子だが、羽田の方はあっさりと受け入れてくれた。単純に、何も意識していないだけなのかもしれないが。

「よし、決定！　じゃあ羽田さん、そこに立ってください。お会計はあたしがやるから、ふたりで商品のお渡しとか接客をよろしく」

「ほ、ほんとにやるんですか？」

「わかりました」

てきぱきと指示しつつ、賀那子は「あ、そうだ」と何かを思い出したような表情になった。

「緑子ちゃん。報告書用の写真、まだだったよね」

「ああ、そういえば。今、撮っちゃいますね」

我に返ってスマートフォンを取り出す緑子を見て、羽田がいったんその場から離れようとする。

「ごめん、フレームに入っちゃうね」

「あ、大丈夫です！　写り込んじゃっても、どうせトリミングしますんで！」

答えた緑子は、テントの正面に回りこんで素早く何度かシャッターを切った。

むしろ、写り込んじゃってほしいくらいだけど……。

心の中でつぶやきつつ画面を確認すると、案の定、羽田は映り込みを避けてフレームから外れていた。

い、いつか正々堂々と撮らせてもらえばいいんだから！

シオリちゃんやサキちゃんのようなことを考えながら、勝手に決意を新たにして賀那子に告げる。

「オッケーです、賀那子さん!!」

なぜか気合の入った声に、羽田は怪訝な顔で、賀那子は何かを察した様子で笑っている。

「ありがと。じゃあモチベーションも上がったところで、あらためて羽田さんと接客の方、よろしくね」

若干おかしそうな口調の賀那子に言われて、緑子は羽田と並んでクーラーボックスの後ろに立った。少しだけ顔が熱い気もするが、撮影のため直射日光の下に出たからだろう。たぶん。

と、そのタイミングで、よく通る能天気な声が聞こえてきた。

「なんだ、グリーンちゃん。イケメンのアシスタントさんを雇ったのか？」

「社長！」

緑子と賀那子が声を揃えて振り向いた先、背後のスタジアム方向からのんびりと歩いてくるのはＧＫコーポレーション社長、横須賀七郎である。

「あ、でもイケメンアシスタント専門のマネキン派遣とか、商売になるかもなあ。お嬢さまの試食販売を〝イケアシ〟の私《わたくし》めがお手伝いします、みたいな」

アロハシャツに短パンで足下はサンダル履き、しかも手には銀色の保冷袋という格好の横須賀は、知らない人には大会の応援にきた保護者、それもちょっと変わったお父さんにしか見えないだろう。

彼の風変わりな出で立ち、そして気ままな言動にもっとも慣れている賀那子が、明るく問いかけた。

「社長、現場視察ですか？」

「おう。このクソ暑い中、うちの看板娘ふたりに、外での販売をやらせちまったからな。差し入れ持ってきた。ああ、イケアシさんもぜひどうぞ」

「はあ。どうも」

現れた時点で周囲を自分のペースに巻き込む横須賀に対して、羽田は戸惑いを通り越してあ然としている。

「しゃ、社長！　変な呼びかたしないでください！　ていうか、アシスタントなわけないじゃないですか。こちらは――」

あたふたと言い募る緑子の声などどこ吹く風で、横須賀は持ってきた保冷袋をテント内の長机に置いた。

「販売、どうせあとちょっとで終わりだろ？　アイス食おう、アイス。あ、クッキー&クリームは俺のだから取っておいてくれ」

「わあ！　ありがとうございます！　ほら、緑子ちゃんも羽田さんも、遠慮しないで食べようよ！」

いち早く反応した賀那子が、ふたりを手招きする。口を広げられた保冷袋の中には、ドライアイスとともにアイスクリームバーが何本も入っていた。

「あ、おいしそう！」

現金なことに、緑子もアイスクリームバーを目の前にして、即座にそちらへと意識を奪われた。

「羽田さん、何味がいいですか？　ええっと、バニラとチョコと抹茶、あとキャラメルもありますよ」

「え？　いや、残ったのでいいよ」

食べ物に釣られて、あっという間に自分の紹介を忘れる緑子の姿に苦笑したからか、羽田も落ち着きを取り戻したようだ。みずから横須賀に歩み寄って、丁寧に頭を下げる。

「ＧＫコーポレーションさんの、横須賀社長ですね。初めまして。アルプス派遣サービスのトレーナー、羽田と申します」

「おお、これはどうもご丁寧に。いかにもＧＫの横須賀です。アルプスさんとも、おたがいに人手が足りないときなんかは、よくヘルプし合ってお世話になってますよ」

「そうなんですか？」

「ええ。社長の田村《たむら》さんとは昔、よく一緒にバイトしてたんですよ。それこそマネキンの」

「へえ」

答える羽田だけでなく、聞いていた緑子と賀那子にとっても意外だった。横須賀の人脈には、競合会社の社長までも含まれるらしい。

突飛な格好や言動に似合わず、羽田ときちんと名刺交換も済ませた横須賀は「羽田輝さん、ね」と受け取った名刺を読み上げた。

「なるほど。トレーナーさんだから、サプリのマネキンなんかもやってるんですな」

「はい」

「栄養学に詳しくて、マネキンもできるイケメンか。いいですねえ」

「い、いえ」

リアクションに困っている羽田に対し、にかっと笑いかけた横須賀が冗談とも本気ともわからない口調で続ける。

「しかも、グリーンちゃんのアシスタント。うん、素晴らしい人材だ。どうです？　田村社長には俺から話を通すから、羽田さんもうちに移籍しません？」

「は!?」

「ちょ……!?　社長！」

羽田とともに目を丸くした緑子は、チョコレートアイスを雇い主に突きつけてしまった。

「だから、違うって言ってるじゃないですか！　羽田さんは、すごい人なんです！」

むしろ自分が助手のような言い草に、賀那子が手にしたバニラアイスを取り落としそうになって笑う。

どこかのグラウンドからも、重なり合う明るい声が響いてきた。

第三章 秋 ～栗羊羹と酢の物～

1

ガラス張りの食堂内には、昼食どきの明るい日差しが差し込んでくる。

日曜もやってる学食は、羨ましいな。

学生や教職員がちらほら訪れる様子を見ながら、一色緑子はあらためて思った。

十月に入ったばかりの日曜日。今日の仕事は都内にある私立女子大の学生食堂で、栗羊羹《ようかん》の試食販売会だ。自分の大学もそうだったが、学生食堂は料理を提供するだけでなく各種ドリンクや菓子パン、ちょっとしたおやつなどを売るスペースもあるので、そこに大学側がブース代わりの長机を出してくれている。

今日は久しぶりにひとりでの担当だが、これは緑子自身が申し出たことによる。

「賀那子ちゃん、有給消化してるか？」

半月ほど前、めずらしくオフィスにいた社長の横須賀が、先輩にそう確認するのを聞いて、「じゃあ再来週の栗羊羹試食会、私ひとりでやってきますよ。日曜の大学だからそこまで混まないでしょうし、賀那子さんはゆっくり休んでくださいと、ふたりにみずから伝えたのだった。

「すいません、カツカレー大盛りで！」

「はーい！」

少し先から、大きな声でのやり取りが聞こえた。目を向けると、でっぷりと太った中年男性が、厨房と直結したカウンターに注文を伝えたところのようだ。緑子が立つのはトレイを持った人々が流れてくるちょうど最後、二台置かれたレジと並んだあたりなので、誰が何を注文したのかもよく見える。

中年男性は白衣を着ており、後ろに若い男性を従えていた。おそらくここの先生、それも理系の教員だろう。

「先生、がっつり食べますね」

「ああ。研究には、日曜もへったくれもないからな。がっつり食って、午後の実験に備えないと」

ふたりの会話を聞いた緑子は、学食の入り口にあるサンプルが飾られた棚を思い出して、ひそかに苦笑してしまった。

ここのカツカレーって、かなり大きかったけど。

研究が大変なのはわかるが、いくらなんでも「がっつり」しすぎではないだろうか。

「健康診断、大丈夫だったんですか？」

先生とは対照的に、ひょろりとした体形の若手が聞く。こちらは助手か大学院生、いずれにせよアシスタント的な立場の人だと思われる。少し垂れ気味の目が、優しげな印象だ。

「うん。思いっきりメタボだぞ」

なぜか胸を張りながら、先生は堂々と答える。

「そのぶん、毎晩のビールを我慢してるんだ。この前の理学部飲み会でも、かなり控えてただろう？」

「ええ、まあ」

リアクションに困ったアシスタントは、微妙な笑顔とともに「あ、僕はとろろそばで」と麺類のカウンターに声をかけた。対照的な体形をしているのも、さもありなんといったオーダーである。

メタボの人にも、食育は必要よね。

果たして先生に栗羊羹を勧めたものかどうか、緑子もまた困った笑みを浮かべたままでいると、先にとろろそばを受け取ったアシスタントが近くにやってきた。

「へえ、栗羊羹の試食ですか」

「あ、はい！　よろしければどうぞ！」

緑子は、すぐに営業スマイルを取り戻した。メタボの先生はともかく、彼ならばむしろ積極的にカロリーを摂取してもらいたいところだ。

だが、カツカレーを受け取った先生もすかさず追いついてきた。

「おお、何の試食だ？」

「栗羊羹だそうです」

「栗羊羹か。おいしそうだなあ。甘いものも好きなんだよ、私は」

「季節ものですしね」

緑子の「トレイ、こちらにどうぞ」という勧めに従って、長机の空きスペースにトレイを置いたふたりは和やかに話している。

「じゃあ、ひとついただいていいですか？」

さっそく先生に聞かれた。さすがにだめですと言うわけにもいかず、緑子も笑顔のまま「はい、どうぞ」と手元の紙皿を差し出す。皿の上には、一口大にカットして爪楊枝を刺した栗羊羹のサンプルがいくつか載せてある。一番小さいものが載る側を先生に向けたのは、さり気ない気遣いのつもりだった。

「じゃあ、僕もいただきます」

アシスタントも続き、揃って栗羊羹を口にしたふたりは大きく頷いた。

「お、うまいな！　栗の味もしっかりしてる！」

「そうですね。一個ずつのバラ売りみたいですし、研究の合間に糖分補給するにもちょうど良さそうです」

アシスタントの言葉どおり、この栗羊羹は高級なものではなく大手菓子メーカーのもので、スーパーやコンビニでも売っている個別包装されたものだ。それでも味は悪くないし、価格もひとつ百五十円と手頃なので、手前味噌ながらいい商品だと緑子も思う。今日は学食での実施だが、秋の定番ということでメーカーも毎年様々な場所で試食キャンペーンを張っているんだとか。

「よし、じゃあ十二、三個買っていくか。研究室のみんなも食べるだろう」

長机に並んだ商品をさっそくトレイに載せようとする先生に、「え？」とアシスタントが意外そうな顔をした。

「先生、うちの研究室、僕らを入れても九人だけじゃないですか」

「うん。だから、私が五個食べる」

「ええっ!?」

緑子の口から、アシスタントと重なった声が出た。先生の食いしん坊っぷりはもはやおなじみらしく、会話を聞いたレジ係のおばさんたちが苦笑を浮かべている。

目を見開く緑子に「はは、驚かせちゃって申し訳ない」と言って、先生はおかしそうに笑ってみせた。

「この体形だから心配してくれてるのかな、お嬢さん？」

「いえ、す、すみません！」

「はっはっは。大丈夫ですよ。さっきも彼に言ったけど、甘いものと同じくらい好きなアルコールを控えてるからね。このカツカレーだって、ビールを我慢しているからこそ注文したんだ。カロリー的には、トントンぐらいじゃないかな」

「いや、あの……」

緑子は、カツカレーの皿に目をやった。ご飯の八割方を覆うカレールーと、その上から蓋をするような大きさのロースカツ。

ていうか、トントンって駄洒落で言ってるのかな……。

くだらないことを考えたのもつかの間、微笑みながらもずばりと伝えることにした。

「たぶん、いえ、絶対トントンじゃないと思います」

大きな体とは裏腹に、朗らかで優しそうな先生の風貌だからこそ、そう決意できたのかもしれない。

マネキンは『食育の忍者』だもんね。

いつも様々なことを教えてくれる、そして最近はますます思い浮かべることが増えてきたハンサムな男性マネキンの姿が、緑子の脳裏にイメージされた。彼のようにしっかりと説明しよう。正しい栄養知識を冷静に、わかりやすく。

ありがたいことに先生とアシスタントも、話の続きを聞く表情になっている。緑子は詳しく説明を始めた。

「メタボ健診で引っかかっていらっしゃるなら、アルコールを控えるのはいいことだと思います。ただ、体重を減らすにはカロリーバランスがマイナスになること、つまり摂取カロリーより消費カロリーの方が多くなることが、絶対条件なんですよ」

「うん、それは知ってる。だから晩酌を我慢しているんだ」

またしても胸を張る先生に、「ですが」と緑子は笑ったまま続けた。

「アルコールよりも、断然カロリーが高いものがあるんです」

「え？」

「あ！」

きょとんとする先生の隣で、アシスタントが何かに気づいた顔になった。さっきから感じていたが、ふたりは体形だけでなくリアクションも対照的だ。だからこそ、いい師弟関係なのかもしれない。

　頷いた緑子は、答えを口にした。

「はい。脂質です。一グラムあたりのカロリーで言うと、炭水化物とタンパク質が四キロカロリーなのに対して、アルコールは七キロカロリーとたしかに高いです。けど、脂質はそれよりさらに高くて、九キロカロリーもあるんです」

「おお、百三十パーセント近くにもなるのか」

　理系の学者らしく、先生がさらりと数字を口にする。計算の早さに感心させられつつ、緑子は彼の手元にあるカツカレーの皿を手で示した。

「ちなみに、カツカレー一皿の脂質は五十グラム近くにもなります。こちらのお皿は大盛りですし、カロリーは全体で千二百キロカロリーに届いちゃうんじゃないでしょうか」

「え……」

　顔が若干引きつり始めた師匠を見ながら、アシスタントが確認してくる。

「それって、明らかに先生の晩酌よりも多いですよね」

「そうですね。大きさにもよりますがビールの中ジョッキがだいたい、二百キロカロリー前後だと言われています。つまりこのカツカレーで本当にカロリー収支がトントンだとすれば、先生は毎晩、中ジョッキ六杯分ものビールで晩酌されてることになります。けどさすがに、そこまでは飲まれませんよね」

気がつけば自身も「先生」と呼びかけながら、緑子は笑顔で指摘してみせた。

「……はい、毎晩缶ビール一本だけです。申し訳ない」

なぜか敬語になった先生は、悪さを反省する小学生のような顔をしている。准教授か教授かはわからないが、ひとつの研究室を率いるほどの学者にそんなリアクションをさせてしまい、緑子はあわてて「あ、すいません！　なんか偉そうに！」と謝った。しかもよく考えたら、商品の栗羊羹とはあまり関係のない話だ。憧れの男性マネキンである彼――羽田輝や、先輩の賀那子にはまだまだ及びそうもないな、と胸の内でひそかに反省する。

けれども話を聞かされたアシスタントと先生は、むしろ感心してくれたようだった。

「いえ、大変勉強になりました。僕らは物理学科なので、栄養学はまったくの専門外なんです。先生の健康についてはスタッフみんなが心配しているし、これで少しは自覚してくれると思います」

「うーん。カツカレー大盛りは、さすがに食べすぎってことなんだねえ」

緑子に答えてから顔を見合わせたふたりは、「いや、心配かけて申し訳ない」と、先生の方がミスをした弟子のようにぺこりと頭を下げた。さっきの表情もそうだったが、自分の肩書きなどにこだわらないうえ、子どものような純粋さも持ち合わせている人なのだろう。

学生にも人気ありそう。

思わず顔をほころばせた緑子に、先生が向き直って残念そうに言った。

「じゃあ、栗羊羹はみんなのぶんだけ買っていこうかな。私はこれ以上、余計なカロリーを取るわけにはいかないみたいだし」

わかりやすくへこんだ声に、緑子はますます笑ってしまった。だからというわけではないが、少しだけ安心できることも伝えておく。

「でも和菓子は低カロリーですから、そこまでではないですよ。この栗羊羹も、ひとつ百キロカロリーもありません」

「え？　そんなものですか」

「はい。賞味期限も三週間くらいあるので、それこそ晩酌代わりのカロリーとして、明日以降ならいいと思います」

「そうか、そうか！　なら大丈夫だ。それにしてもお嬢さん、なかなか商売上手だなあ」

一転して明るい表情になった先生に、緑子は「いえいえ」と軽く首を振った。なんとか栗羊羹の話に戻すことができて、自分も別の意味でほっとしたくらいだ。引き続きやり取りを見守っていたレジ係のおばさんたちも、優しい笑みをこちらに向けてくる。

なんにせよ良かった、と思いながら緑子は続けた。

「少しでもお体にいいものや、必要とされているものを召し上がってほしいですから。私たち試食販売員は、商品の成分や栄養についてご説明するのも仕事ですし」

そう。それこそが、マネキンの食育活動なのだ。

ちょっぴり誇らしい気持ちとともに伝えると、先生とアシスタントは「なるほど」、「プロですね」と頷き合って、栗羊羹を全部で九つ買ってくれた。

「お嬢さん、ありがとう」

「勉強になりました」

「いえ、こちらこそ、ありがとうございました！」

それぞれのトレイを手に笑顔でレジへ向かう師弟を、緑子は元気なお礼とともに見送った。

2

午後一時を回ったあたりで、学食自体の人の流れがぱたりと途絶えた。日曜日ということでもとより混雑していなかったし、だからこそ緑子も先ほどの先生とアシスタントのように、時間をかけて接客することができたのだ。レジ係のおばさんたちも試食に来て、しかもひとつずつ買ってってくれたが、それ以降はすっかり暇である。

誰もいないカウンターを眺めながら、緑子は無意識のうちに何度も頷いていた。うん、たしかに中の栗も大きくて、値段の割には食べ応えがあるのよね。柔らかい羊羹と、ゴロッとした栗のコントラストもいい感じだし。

料理評論家のようなコメントを脳内でつぶやいたところで、「あ」と我に返った。

「また食べちゃった」

思わず口に手を当てて、栗羊羹に刺さっていた爪楊枝を足下のゴミ箱に捨てる。お客さんが途切れるとやることがないため、ついついサンプルをつまんでしまうのだった。

賀那子さんじゃないけど、本気で太りそう……。

気をつけなければ、と緑子はさり気なくお腹周りに手を当てた。愛用する緑色のエプロンには、今のところ出てきたような感触はないし、背中で結ぶ紐の長さもいつもどおりだ。ＧＫコーポレーションに入社してから二キロも増えた、とぼやく賀那子いわく、「エプロンの紐が、短くなったって感じたら要注意よ。ウエストを確認しなさい。胸が大きくなるなんてこと、そうそうないんだから」

とのことらしい。

別に賀那子さん、スタイル悪くないのに。

妙に真剣な顔で忠告する先輩の顔を思い出して、緑子は笑みを浮かべた。外から見るぶんにはわからないが、本人にとっては大問題なのだろう。ついでに言えば「デブになってきたから、ますますもてないわ」と嘆く台詞も聞かされたが、決してそんなことはないだろうとも思う。オフィスでのデスクワーク中、賀那子に書類を渡したりする男性社員を見ると、彼らの多くが嬉しそうな顔をしているからだ。

その気になってないだけじゃないかしら。

おかっぱ頭と黒縁眼鏡がチャームポイントの彼女には、「着物とかも似合いそうだし」というものの感想を緑子が抱いたとき。

「あ、いたいた！」

食堂の出入り口から、なんと当人の声がした。

「え？　賀那子さん⁉」

　こちらに手を振ったまま笑顔で近寄ってくるのは、まさに賀那子だった。だが緑子が驚いたのは、それだけではない
「なんで、そんな格好してるんですか？」

　今日の賀那子は、本当に和装だった。ただし浴衣や着物ではなく、真っ白な道着に紺の袴という組み合わせだ。しかも彼女の周りには、同じ格好をした若い女性が十人近くいて、皆が好奇心に満ちた表情でこちらを見つめてくる。

「ええっと……」

　ぽかんとする緑子は、道着を身にまとった女子たちの後ろに、もうひとつ見知った顔を見つけてふたたび声を上げることになった。

「は、羽田さんまで、何やってんですか⁉」

「こんにちは」

　軽く微笑んで羽田が手を上げる。今日の彼はポロシャツにハーフパンツ、そして腰にはやや大きめのウエストポーチという、いかにもトレーナーという格好だ。

「どう？　栗羊羹、たくさん試食してもらってる？」

　目を丸くして固まる緑子に、賀那子がいたずらっぽく聞いてきた。よく見ると、お

かっぱ頭にヘアバンドも巻いている。

「あ、はい」

「これ、結構おいしいよね。食べ応えもあるし」

「ええ」

「空き時間に、自分で食べすぎちゃってるんじゃない？」

「じつは、そうなんです……って、そんなことより！」

危うくペースに乗せられそうになった緑子の姿に、賀那子は「あはは」と声に出して笑う。例によって、完全にからかう声と表情だ。

「なんで賀那子さんがここにいるんですか！　あと、羽田さんまで！」

若干キレ気味の口調になる後輩に、賀那子は「ごめん、ごめん」と素直に謝ってから説明してくれた。

「あたし、ここの剣道部ＯＧなの」

「えっ！　そうだったんですか？」

「うん。あれ？　言ってなかったっけ？」

「はい。剣道やってたってことは、前に聞きましたけど」

「そっか。あんまり詳しく話さなかったんだね。一応、大学まで真面目にやってたの。

こう見えても段持ちよ」

「へえ」

よくわからないが、「段」というのはたしか「級」の上じゃなかったか。何にせよ本人が語るように、真剣に取り組んでいたのだろう。

すると、説明を補足するように羽田も口を開いた。

「西郷さんは三段まで取ってるから、相当な実力者だよ。俺も詳しくないけど、剣道の世界では、三段あたりから試験が難しくなると言われてるんだって。しかも二段を取ってから二年以上修行しないと、受験すらできないそうなんだ」

「そうなんですか!?　賀那子さん、じつは超強いんですか？」

驚きつつ緑子は、頭の片隅で「怒らせないようにしよう……」と失礼なことを考えてしまった。

「全然、強くないってば」

笑って謙遜する賀那子の言葉を受けて、今度は羽田の隣にいた背の高い女性が、声をかけてくる。

「西郷先輩は、お世辞抜きに強いです。全日本で三位になったくらいですから」

「ぜ、全日本三位って、つまり日本で三番目ってことですよね!?」

当たり前のことを聞き返す緑子に笑みを返して、女性は「はい！」と嬉しそうに頷いた。束ねた黒髪と涼しげな目元が印象的な、きりっとした美人だ。

「申し遅れました、剣道部主将の角田《つのだ》和沙《かずさ》です。西郷先輩には、いつもお世話になっています」

美しい所作で礼をする姿はいかにも剣道家の、それも主将という雰囲気である。緑子は思わず「こ、こちらこそ。賀那子さんと同じ会社で後輩の、一色です！」と気をつけの姿勢になって頭を下げていた。

和沙は続けて、羽田がここにいる理由についても語った。

「羽田さんは、うちのトレーナーさんです。ご存知なんですか？」

「あ、はい！　いつもお世話になっております！」

敬礼しそうな勢いで答える緑子を見て、賀那子が笑う。

「何、緊張してんのよ。別に和沙ちゃんは、取って食べたりしないってば」

隣の羽田も、同じように顔をほころばせる。

「西郷さんがOGで、しかも名剣士っていうのは俺も全然知らなかったけどね。いつもどおり練習をサポートにきたら、いきなり声をかけられてびっくりしたよ」

「そっか。羽田さん、本来はトレーナーですもんね。あ、いや、別に変な意味じゃなくて！」

微妙に偉そうな台詞だったことに気づいて緑子はますます焦ったが、羽田は笑みを苦笑に変えて、「まあ、マネキンもトレーナーとして取り組んでるけどね」と受け流してくれた。むしろ、緑子との会話を楽しんでいるような感じさえする。

「久しぶりに竹刀《しない》振りたくなって稽古に参加させてもらったら、羽田さんがいてあたしもびっくりしちゃった」

ふたりを眺めた賀那子は、にやりとして続ける。

「だから別に、緑子ちゃんから取っちゃおうってわけじゃないよ。安心して」

「ちょ……な、何わけわかんないこと言ってるんですか！」

すかさずつっこんだ緑子は、ちらりと羽田の顔を盗み見た。だが彼は自分と違い、苦笑したまま肩をすくめるだけである。困っているのか呆れているのか、はたまた万に一つもないだろうが喜んでくれているのか、さすがに本心までは読み取れなかった。

わかりやすい反応をしたのは、周りにいる剣道部員たちだ。

「えっ⁉　羽田さんの彼女さんですか！」

「マジで⁉　ちっちゃくて可愛い！　高校生？　バイト？」

「羽田さん、犯罪じゃないですか！」

それこそ可愛らしい小動物を見つけたような顔で女性剣士たちが寄ってくるので、緑子は後ずさりしながら必死に否定した。

「あたしは社会人ですっ！　ついでに言うと、羽田さんとはなんにもありません！」

呼び込みのとき以上に大きな声を出す緑子に、賀那子がまた大きな笑い声を上げた。


なんとか誤解を解いたあと、賀那子と羽田も含めた剣道部員たちは、各々がトレイとともにカウンターへ並んでいった。大会が近いこともあり今日は二部稽古で、今は少し遅めの昼休みなのだそうだ。

部にトレーナーさんがいるのって、やっぱりいいよね。

料理を注文したり、セルフサービスの小鉢を手に取る様子を見て、緑子はしみじみと思った。部員たちが、

「あ、果物も食べろって羽田さんに言われたんだった！」

「そうだよ。五種類食べなきゃ。主食と主采、野菜と果物、あとは乳製品ね」

「羽田さん、豚肉の方がビタミンBって多いんですよね」

などと、食事内容にかなり気を遣っている様子が窺えたからである。言葉どおり、羽田が栄養に関する知識を授けてきたのだろう。

「羽田さんに来てもらうようになってから怪我人が減って、大会の成績も良くなってるんだって」

近くに来た賀那子が、やはり感心した顔で教えてくれた。手にしたトレイはまだ空なので、これから食事を取りにいくようだ。

「もっとも本人は、素直に話を聞いて取り組んでくれる彼女たちが偉いんです、としか言わないけどね」

「へえ」

謙虚すぎるコメントだが、羽田らしいとも緑子は感じた。彼ならば、たとえ担当している選手がオリンピックで金メダルを取っても、同じことを言いそうな気がする。

「勝利は選手の手柄、敗北は指導者の責任」

「え？」

賀那子が口にした台詞を、緑子は聞き返した。

「スポーツでいい結果が出たら、あくまでも頑張った選手のお手柄。もし負けてしまったら、いい指導ができなかった監督やコーチ、トレーナーの責任。優れた指導者ほど、そういう考えかたをするらしいよ」

「いい言葉ですね」

そしてやはり、羽田にぴったりだ。常に相手のことを第一に考える、謙虚さと献身性。スポーツに対する真摯な態度。

逆にそうしたコーチやトレーナーならば、選手の方でも「指導のお陰です」、「いえ、自分の実力こそが足りなかったんです」と素直に言うことができ、まさに二人三脚で頑張れるだろう。

優れた指導者、か……。

「緑子ちゃん？」

「あ、いえ、本当にいい言葉だなあって」

一瞬だけ遠い目になりかけた緑子の耳に、先ほど自己紹介してくれた主将、和沙の声が聞こえてきた。

「ナオ、ちゃんと野菜も食べなきゃだめよ」

視線を移すと、一年生らしき部員が彼女に注意されて、あわててサラダの載った皿に手を伸ばしている。

「羽田さんに言われたでしょ」

「はい！」

主将と新人のやり取りに、他の部員も笑顔で加わる。

「〝食〟っていう字は、人を良くする、だもんね」

「そうそう！　今日教わったばっかりだけど」

気を取り直して様子を眺めていた緑子は、なるほどと頷くとすかさずスマートフォンを取り出した。

「何やってんの？」

「今のも、メモしておこうと思って」

不思議そうな顔をする賀那子に、緑子は画面を向けてみせた。羽田から食育の重要性と、マネキンがそれを実践できる仕事だということを教わって以来、自然と関連する知識をスマートフォンにメモする癖がついたのだ。

「あら、勉強熱心なのね。ふーん。小麦アレルギーに〝まごわやさしい〟、You are what you eat.、和菓子のメリット、経口補水液……と」

ランダムに見えるメモ書きだったが、読み上げた賀那子はすぐに何かを察した表情になった。

「つまり、羽田さんのお言葉を大切に保存してるってことか。健気だなあ」

「だから勉強ですよ、勉強！」

「はいはい、そういうことにしといてあげる」

またしてもからかわれて頬をふくらませる緑子のそばへ、別の部員たちも流れてきた。

「リカ、また酸っぱいもの食べるの？」

「うん。疲労回復のために」

「ふーん。疲労回復、ね」

「な、何よ。クエン酸よ、クエン酸」

「いいなあ。あたしもクエン酸取って、彼氏つくりたーい！」

「いや、意味がわからないんですけど」

同級生と思しき仲の良さそうなグループ内で、リカという部員が自分と同じくからかわれている。髪形こそ違うが童顔で小柄なリカの姿は鏡を見るようで、緑子はなんだか微笑ましくなった。

「大丈夫？　疲れてるの？　たしか、まだ一年だったよね」

賑やかな会話を緑子と一緒に聞いていた賀那子が、リカに歩み寄ってOGらしく気遣う声をかけた。

「あ、いえ、念のためっていうか」

「それならいいけど、体調を崩してたらすぐ羽田さんに相談しなさいね。今日はまだ、後半もあるんだし」

「はい。ありがとうございます！」

全国三位になったＯＧに気さくに声をかけられ、リカは憧れのアイドルを前にしたような顔だ。それだけ彼女も剣道が好きなのだろう。

「でもたしかに、酸っぱいものばっかりね」

賀那子が苦笑するとおり、リカはマリネと梅干しだけでなく、酢の物が入った小鉢までもトレイに載せていた。なかなかの徹底ぶりである。

「そうなんですよ。この子、授業の合間に学食で見かけるときもだいたいこんな感じなんです。リカ、種類だけじゃなくて味付けもバランス良くした方がいいわよ」

「はい、すみません」

和沙にも言われたリカは、一転して恐縮した表情になった。賀那子とは違い、主将に対しては緊張の方が勝るらしい。

〝人を良くする〟のが食事だもんね。

ついさっき覚えたばかりの言葉を思い出しながら、緑子は自分に似た小さな女性剣士に、頑張って、と心の中でそっとエールを送った。

3

剣道部の面々は「一度にみんなで行くと、ご迷惑だから」という和沙の指示で、食事が終わってから各自で栗羊羹を試食しに来てくれることになった。今は緑子からもほど近いテーブルで、賀那子と羽田も含めた全員が、昼食をおいしそうに食べ始めている。

「で、リカの彼氏ってどんな人なの？」

ふたたび、リカに尋ねる同級生たちの声がする。

「あたし見たよ！　優しくて、いい人そうだった！」

「図書館で知り合った、理学部の助手やってる人だよね。インテリの彼氏って、羨ましいなあ」

真っ赤になったリカは「た、たまたま同じ本を手に取りそうになって、それで……」と、もごもご答えるばかりだ。漫画のような話だと思った緑子の脳裏に、一時間ほど前に出会ったばかりの顔が浮かんだ。

優しそうな理学部の助手って、ひょっとして。

あの先生のアシスタントらしき彼だとしたら、お似合いのカップルかもしれない。

「今日も稽古終わったら、会うんでしょ？」

「羨ましいぞ、このリア充め」

一年生グループは、引き続きリカを笑顔でいじり続ける。リカの方も恥ずかしがったり怒ったりはしてみせるが、決して本気で不快な様子ではないので、あくまでもじゃれ合っているだけなのがよくわかる。

「ほっといてよ、もう。悔しかったら、自分もリア充になればいいでしょ」

「うわ、開き直ってる。彼氏がいると強気ですなあ」

「そりゃあデートに備えて、クエン酸で疲労回復もしなきゃなりませんなあ」

「別に、そのためじゃありません！」

かしましい会話の中に、さっきも聞いたクエン酸という言葉が出てきたので、緑子は
「ああ、そういうことか」と笑いながらつぶやいた。クエン酸が酸味のもとになる成分であることぐらいは、さすがに知っている。だからリカはマリネや梅干し、酢の物といった食べ物をこの日も積極的に（いささか積極的すぎる気もするが）チョイスしたのだろう。

「あーあ。あたしも彼氏欲しい！」

「羽田さん、彼氏ができるトレーニングとかサプリとか、ないんですか？」

流れのまま飛んできた無茶な質問に、緑子からほんの数メートル先に座る羽田が呆れ

たような声で答えた。

「あるわけないでしょ。ていうかリカちゃんには悪いけど、そもそもクエン酸に疲労回復効果があるっていう確たる科学的根拠も、今のところないよ」

「え⁉」

「マジですか？」

リカたちとともに、緑子も目を見開いた。そうは言っても、巷《ちまた》には疲労回復を謳ったクエン酸のサプリメントや、クエン酸成分を配合したスポーツドリンクが数多く売られているではないか。

微笑んだ羽田は、いつも緑子にしてくれるように冷静な声で解説を始めた。

「ヒトの体を動かすエネルギーは、大きく分けて三種類の過程でつくられるんだけど、そのうちのひとつはたしかに『クエン酸回路』っていう経路を通って、実際にクエン酸を生み出したりもするよ。けど、だからってクエン酸を摂取すればエネルギーがたくさん生み出されるとか、疲労が回復するってわけじゃないんだ。そうだな……変な例えかもしれないけど、吹奏楽を演奏するとき途中でトランペットのソロが入るからって、トランペットばっかり多くしても、決していい音楽にはならないよね。むしろハーモニーを壊すことにもなりかねない。そんな感じかな」

「へえ」

「そうだったんだ」

たしかにスポーツとはかけ離れた例えではあるが、相変わらず羽田の説明はわかりやすかった。感心する一年生グループと一緒に、緑子もうんうんと頷かされる。

「クエン酸に疲労回復効果が認められない事実や、成分を濃縮したサプリメント摂取の安全性が厳密には保証できないってことを、国立健康・栄養研究所も発表してるぐらいだし」

「本当ですか⁉」

今度は緑子も声を出してしまった。さっきも思ったように、クエン酸のサプリメントは、スポーツ用品店やドラッグストアでたくさん売られているからだ。

「まあ市販のサプリメントで体調を崩したっていう話は、今のところ聞いたことないけどね」

フォローしつつ、羽田は続ける。

「そもそも確実に大きな効果があって、しかも百パーセント安全なものなら世界中のスポーツチームや医療機関が、もっと大々的に使っているはずでしょう。これは、他のサプリメントにも言えることだけど」

「あ、そっか。たしかに」

すっかりいつものペースで相槌を打つ緑子に目を合わせて、羽田は穏やかに笑った。

「だから俺もマネキンをするときは、プロテインやビタミンなんかのベーシックなものしか販売しないんだ。契約先のメーカーもそこは理解して、エビデンスの怪しいものはラインナップに加えてないし」

「なるほど」

言われてみれば、羽田がマネキン販売しているのはプロテインばかりだ。それ以外ではたしかに、ビタミンのタブレットやドリンク、あとは経口補水液ぐらいしか見たことがない。

羽田さんこそ〝忍者〟よね。

教わってばかりの身だが、緑子はひそかに胸を張りたくなった。

正しい栄養知識をいろいろな人に現場レベルで伝え、啓発していくという食育の活動。それはまさに、彼がいつも見せてくれるこうした姿に他ならない。

やっぱりかっこいいなあ。

つい顔がほころぶと、目だけで笑った賀那子が意味深な視線を投げてきたので、あわてて表情を引き締めた。よく見るときりっとした印象の和沙まで、微笑ましいといった様子で目尻を下げている。

な、なんですか。

口の形だけでそう伝えると、ふたり揃って口元に手を当てられてしまった。なんとなく言いたいことはわかったが、悔しいので気づかないふりをしておく。

そんな中、クエン酸に関する説明を終えた羽田は、誰かの方をじっと見つめていた。

あれ？

気を取り直した緑子は、彼の視線を探って「ああ」と声に出して納得した。

羽田が見つめる先にいるのは、リカだった。

サプリメントではないものの彼女の食事はマリネに梅干し、酢の物とまさにクエン酸だらけだ。けれども必死に摂取しようとしていたそれらに、じつは疲労回復効果がないらしいということを聞かされたにしては、意外に表情は穏やかである。単純に、酸っぱいものが好きというのもあるのかもしれない。

まあたしかに、疲れたときなんかは口にしやすいもんね。

緑子が勝手に共感したところで、席を立った羽田がこちらに近づいてきた。

「一色さん」

「どうしました？」

栗羊羹を食べたくなったのだろうか。彼が和菓子好きだということも、緑子はちゃんと覚えている。

だが羽田は、栗羊羹には目もくれずに口を開いた。

「差し支えなければ、いや、ぜひそうしてほしいんだけど」

「はい？」

きょとんとする緑子、そして向かい合って立つ羽田に、剣道部員たちがすかさず注目する。食事用のテーブルと緑子の長机は近いし、学食もほぼ貸し切り状態なので、ふたりの声はしっかり聞こえるようだ。

賀那子も含めた全員が興味津々で見つめる中、続けられたのは予想外の質問だった。

「連絡先を、教えてくれない？」

緑子の耳に、「えーっ!?」「どういうこと!?」という剣道部員たちのざわめきが聞こえた。視界の端ではレジ係のおばさんたちも、「あらあら」といった顔で口に手を当てている。

「え？　は？　なんで？　あ、いえ、全然オッケーですし、むしろ喜んで！」

突然の申し出にあたふたしながらも、緑子はスマートフォンを取り出し自分のアドレスと電話番号、ついでにメッセージアプリのＩＤも表示してみせた。以前に名刺交換はしたが、当然ながらそれにはおたがい、会社の連絡先しか記されていない。

「ていうか、電話番号もアドレスも交換してなかったんだ？」

「じゃあ、マジで付き合ってないの？」

「でも、羽田さんらしいかも。超真面目だし」

囃かれる中学生のような会話を慣れた様子で無視した羽田は、「ありがとう。俺の方から、すぐメッセージを送るよ」とスマートフォンに緑子の連絡先を登録して、テーブルへと戻っていった。

「みんな、くだらないことを言ってる暇があったら、しっかり食事を取ること。それだけ元気なら、午後はきついフィジカルトレーニングを入れようかな」

席に着いた羽田にしれっと言われた部員たちから、反省とブーイングの入り交じった悲鳴が上がる。

「ご、ごめんなさい！　もう冷やかしたりしません！」

「羽田さんの筋トレ、めっちゃきついじゃないですか！」

「優しい顔してドSですよ、ドS！　一色さん、気をつけた方がいいですよ！」

なぜか自分の名前まで出てきたが、緑子は思わず笑顔になった。羽田と彼女たちの間には、やはりたしかな信頼関係があるようだ。

その後、剣道部員以外の学食利用者がふたたび現れ始めたので、緑子も仕事に戻って栗羊羹を勧めていった。季節にマッチした和菓子だからか、試食からそのまま購入というパターンも多い。部員たちが「こんにちは！」と元気に挨拶をするのは、少し前に現れた「先生」やアシスタントと同じく大学の教員、スタッフといった人々だろう。

お客さんの波がまた落ち着いたタイミングで、食事を終えた剣道部員たちがあらためて試食に来てくれた。

「そういえば、おやつはあんまり買ったことなかったなあ」

「栗羊羹なんて、久しぶりかも」

「うわ！　この栗、超大きい！」

などと例によって元気に会話しながら、数人ずつで長机を囲むように見つめる。

「どうぞ、召し上がってみてください」

一口大に切り分けた栗羊羹を緑子が差し出すと全員が全員、律儀に「いただきます！」と丁寧に頭を下げて爪楊枝を手に取り始めた。中身は今どきの女子大生ながら、こういうところはさすが武道家である。

「あ、おいしい！」

「甘すぎなくて、ちょうどいいかも」

幸い味も好評で、主将の和沙も「お茶が欲しくなっちゃうね」と微笑んでいる。凛々しい女剣士という印象だったが、リラックスした笑顔には年相応の部分も感じられてとてもチャーミングだ。

「じゃあ あたし、食後のおやつにひとつもらいますね」

さっそく商品を買おうとしてくれる和沙に、「ありがとうございます！」と返した緑子は、全員に聞こえるよう笑顔で続けた。

「和菓子は、皆さんみたいなアスリートにもお勧めなんですよ」

「あ、そう言えば、羽田さんも仰ってました」

和沙も明るい顔で頷く。

「はい。じつは私も、羽田さんに教わったんですけど」

正直に答えて、緑子はその羽田にちらりと目を向けた。まだ食事中の彼は、デザートのリンゴに手をつけるところだった。ひょっとしたらよく噛んでゆっくり食べるというのも、トレーナーらしく実践しているのかもしれない。

「和菓子のほとんどは低脂肪で、しかも炭水化物、つまり体のエネルギーになる糖質をしっかり摂れるんです」

視線を戻した緑子が話を続けると、和沙以外の部員も感心した顔で頷き合う。

「へえ」

「たしかに、バターとか生クリームとか使ってないですもんね」

「お団子とかお餅なんて、よく考えたらお米だしね」

良かった、と緑子は笑みを深くした。羽田の受け売りとはいえ、一生懸命に部活を頑張る彼女たちに、正しい栄養知識を伝えることができて嬉しい。

なんか、〝忍者〟っぽいことしてるかも。

ご機嫌のままもう一度羽田を見ると、いつの間にか彼は自分たちに顔を向け、穏やかな表情を浮かべていた。

そこへ自身の食事を終えた賀那子もやってきて、当たり前のように商品の栗羊羹をふたつ取り上げた。

「大人気ね、緑子ちゃん。あたしも売上に貢献しなきゃ」

「ありがとうございます、賀那子さん！」

「ううん。あたしも甘いもの好きだし。これ以上太ったら困るけど、和菓子ならまだ自分に言い訳できそうでしょ」

どう見ても太っていない賀那子は、舌を出していたずらっぽく答える。彼女もまた、和菓子の長所については把握済みなのだろう。

さすがだなあ、と緑子はあらためて思う。とぼけたところもあるし、いつも自分をからかってくる先輩だけれど、この人もまた立派な『食育の忍者』なのだ。

そもそも「公儀隠密みたいな仕事」って教えてくれたの、賀那子さんだもんね。

勝手に感心していると、変な顔をされてしまった。

「どうしたの？　にやにやして？」

「いえ、賀那子さんて、やっぱりすごいんだなって」

「なんのことかさっぱりわからないけど、褒めてもなんにも出ないわよ。お給料上げたかったら社長にゴマ擂《す》るか、誑《たぶら》かすかしなさいな。あ、でも緑子ちゃんに色仕掛けは無理か」

「ほ、ほっといてください」

否定できない後輩を笑いながら、賀那子は「ラストまで頑張ってね」と部員たちと一緒にレジへ歩いていった。

なんだかなあ。

結局いつものようにからかわれたところで、緑子はポケットでスマートフォンが二度、震えるのを感じた。

「あ！」

確認すると、先ほど連絡先を交換したばかりの羽田からのメッセージだ。あわてて目を向けた先で、彼自身も「届いた？」とばかりに軽く手を挙げてみせる。

大きく頷いた緑子は、だが文面を読み進めるうちに、「え？」とふたたび声を出す羽目になった。

立て続けに送られてきたふたつのメッセージが、ちょっと意外な内容だったからだ。

4

緑子がスマートフォンをポケットに戻したところで、仲間たちから一足遅れてリカもやってきた。食事は終えたようで、トレイをきちんと下げてからこちらに寄ってくる。

「すみません、私も食べてみていいですか？」

「もちろんです。ＰＯＰにあるような成分の、アレルギーは大丈夫ですよね」

「はい」

笑顔で答えたリカもまた、緑子が差し出した栗羊羹のサンプルをおいしそうに食べてくれた。

「うん、ちょうどいい甘さですね。とってもおいしいです」

「良かった。ありがとうございます」

「じゃあ私も、稽古が終わったあとのおやつ用にひとついただきます」

「ありがとうございます！」

元気な礼とともに、緑子はパッケージされた栗羊羹をひとつ差し出した。

自分に少し似ていると思ったリカだが、近くで見ると彼女の方がよっぽど可愛らしく感じる。ショートカットが似合うボーイッシュなルックスは、いかにもスポーツ少女という健康的な魅力に溢れており、大人びた雰囲気の和沙とはまた違う〝隣の女の子〟といった風情のキュートな女の子だ。

彼氏があの人だったら、やっぱりお似合いだろうなあ。

ふたたびあの先生のアシスタント氏と並ぶリカの姿を想像したところで、緑子は小さく顎を引いた。よし、と自分に言い聞かせてもう一度スマートフォンを取り出す。

「あの、リカさん」

「はい？」

いきなり名前を呼ばれて目を丸くするリカに、緑子は操作したスマートフォンのスクリーンを向けた。

「これ、見てください」

「え？」

怪訝な顔でしばらく画面を覗き込んでいたリカの目が、さっきよりも大きく見開かれる。

「これって……！」

「はい。そういうことです。余計なお世話だったら、ごめんなさい」

画面に映し出された内容を理解したリカが、大きく頭を下げてきた。

「とんでもないです！　一色さん、ありがとうございます！」

なぜか嬉しそうに告げた彼女は、栗羊羹の会計を済ますと急いで食堂を出ていった。

「リカ？」

「あの子、どこ行ったの？」

「たしかにお昼休みは、まだじゅうぶんあるけど……」

突然いなくなった仲間に、チームメイトたちが首を傾げる。賀那子と和沙も、思わず顔を見合わせたほどだ。

安心させるように、緑子は剣道部員たちが座るテーブルの前に進み出た。

「大丈夫です。たぶん、午後の稽古が始まる前に、シャワールームに行っただけだと思います」

「シャワールーム、ですか？」

すぐそばに座る和沙が、不思議そうに繰り返した。

「はい。この文章を理解してくれたからです。ちょっと失礼かなとも思ったんですけど、女性同士っていうことで、思いきって伝えさせてもらいました」

緑子は自分のスマートフォンを、胸の前に掲げてみせた。皆が食事を終えているようだし、ちょうどいい。

「私が伝えさせてもらったのは、クエン酸と臭いの関係についてなんです」

「臭い？」

ふたたび繰り返した和沙より先に、他の部員たちが反応する。

「あ！　ひょっとして、防具が臭いってことですか？」

「ああ、籠手《こて》とかやばいもんね」

「手に残るよねえ、あれ」

自分の手を鼻に近づける者もいる光景に、緑子は笑ってしまった。

「そうなんです。リカさんは、それを気にしてたみたいで」

「そっか！　せっかく彼氏ができたのに、臭かったら嫌われちゃいますもんね」

「そういうことね。あたしがもてないのも、きっと防具のせいだったんだわ」

「……あんた、絶対間違ってるわよ」

例によってかしましいリアクションを落ち着かせたのは、やはり和沙である。

「でも、臭いとクエン酸にどういう関係が？」

答える前に緑子は一度、気持ちを落ち着かせた。ここからが大事よね、と自分に言い聞かせてから口を開く。

「クエン酸には疲労回復以外にも、体臭を抑える効果があるっていう宣伝の仕方がされているんです。女性向けに売られてる、臭い予防のサプリメントなんかがそうですね」

「ああ、見たことあるかも」

賀那子が頷いた。隣で、「ていうことは」と和沙が眉を上げる。

「リカは疲労回復だけが目的じゃなくて、防具の臭いが体に残ることを気にして、クエン酸を大量に取っていたってことですか？」

「ええ。おそらくは」

微笑んだ緑子は、「でも」と続けた。

「疲労回復効果もそうですが、クエン酸を体の内側から取ることによる消臭効果についても、科学的な根拠はないんです」

「え？」

「それ以前に、そもそもクエン酸の消臭効果っていうのは、酸性であることを利用してアルカリ性の臭いを中和することによるものです。トイレ用の洗剤なんかがそうですね。でも剣道の籠手もそうですけど、手のひらとか足の裏からの汗の臭いは酸性なので、むしろアルカリ性のもので消臭する必要があります。皆さんも、お洗濯のときに重曹を混ぜたりしませんか？　あれはそのためなんです」

「ああ、よくやります」

「なるほど。あたしもしょっちゅう、重曹で面とか籠手を洗ってたなあ」

納得顔の和沙と賀那子だけでなく部員たちも「へえ」、「だから重曹なんだ」と頷いている。

「けどさすがに、臭いを気にしてるんじゃないですか、みたいな質問は大っぴらにはできないので、リカさんにはメッセージというか文章の形で説明させてもらいました。クエン酸摂取による体臭予防の根拠が怪しいことと、そもそもリカさんが気にしている防具の臭いは成分自体も違うっていうこと、何よりもこうして目の前に立っている私には何も臭わないので、引き続きこまめに清潔にしておけばきっと大丈夫ですよってことを。理解してくれた彼女はそのうえで、〝こまめに清潔にしておく〟っていうのを、さらに徹底しにいったみたいです」

緑子が説明を終えると「そうだったんだ」、「あの子、思い込んだら即行動するもんね」と感心するような声とともに、なぜか和沙がおそるおそる手を挙げた。

「あ、あの！」

「はい？」

きょとんとする緑子に、彼女は恥ずかしそうに聞いてきた。

「私たち……本当に大丈夫ですか？」

「え？」

「その……籠手とか面の臭いが。稽古が終わって、シャワーより先にここに来ちゃったので……」

剣道部主将は、凛々しい目元まで真っ赤になってうつむいている。

うわ、こっちまでドキッとしちゃいそう！

羞恥心いっぱいの姿に、思わず自分も顔が熱くなるのを感じながら、緑子はあわてて手を振った。

「いえ！　全然大丈夫です！　もちろんリカさんもですよ！　皆さん、こまめに清潔になさってるでしょうから」

「そ、そうですか。ありがとうございます」

ほっとした表情になった和沙は、すぐにもとのきりっとした女剣士の顔に戻って、部員たちに声をかけた。

「一色さんはこう仰ってくれたけど、このあとすぐ、みんなでシャワーを浴びましょう。体も心も清潔にして、午後の稽古に臨むこと。いい？」

「はい！」

全員の元気な返事を聞いた緑子は、自分の役割を果たした表情で胸を撫で下ろした。

5

「一色さん」

午後五時。仕事が終わり、キャンパス内を正門に向かって歩いていた緑子は、背後から名前を呼ばれた。

「あ、羽田さん！」

駆け寄ってきたのは、昼間と同じポロシャツとハーフパンツ姿の羽田である。違うのはウエストポーチの代わりに、大きなバックパックが背中にあることだ。この中に、あのウエストポーチも含めたトレーナーグッズが、いろいろと入っているのだろう。

「仕事、終わったの？」

「はい。羽田さんも、稽古は終わったんですか？」

「うん。西郷さんや部員たちは先に帰ったけど、俺は今日の記録をつけたりしてたから。幸い、怪我人は誰もいないけど」

「そっか。トレーナーさんて、大変なんですね」

わざわざ残って自分を待っていてくれたのでは、と期待してしまったことをひそかに反省しつつ、緑子は感心して微笑んだ。

「まあ、好きでやってる仕事だしね」

少し照れたような表情になった羽田はそのまま、「また途中まで、送らせてもらってもいい？」と聞いてきた。

「はい！　喜んで！」

首を大きく縦に振って、緑子も即答する。

今までも撤収時間が同じときは何度も送ってもらったが、たいてい賀那子も一緒なので、ふたりきりで帰るのは久しぶりだった。

やたらと威勢のいい返事に、羽田が軽く噴き出した。

「相変わらず面白いね、一色さんは」

「ど、どうも」

よくわからなかったが、緑子は一応お礼を言っておいた。可愛いとかすてきとか言われても、それはそれでリアクションに困ってしまうだろうから、いいように捉えておく。何よりも羽田が楽しそうに笑ってくれるなら、それが一番だ。

「あ、そうだ」

前向きな気持ちのまま、緑子は今日の出来事をあらためて思い出した。

「リカさん用のメッセージ、ありがとうございました」

「ああ。ううん、こちらこそありがとう。一色さんがいてくれて、助かったよ」

にこやかに首を振った羽田は、「さすがに男の俺が、ああいうことを聞くわけにもいかないしね」と、今度は困った風の笑みを浮かべた。

「いえ、あたしも勉強になったし、リカさんにもすぐにわかってもらえて良かったです。ひょっとしたら羽田さんからのアドバイスだって、気づいてたのかも」

緑子も笑顔を返しながら、昼に剣道部員たちの前で羽田から受け取ったメッセージを思い出す。ふたつ続けて送られてきたその内容は、次のようなものだった。

《リカちゃんが試食に来たら、次のメッセージで送る内容を、一色さんからっていうことにして彼女に見せてもらえるかな》

これがひとつ目。そして実際に続けて受信したふたつ目のメッセージこそが、緑子が剣道部員たちの前で堂々と説明した、クエン酸と臭いの関係についての解説だった。羽田らしくわかりやすい箇条書きにして送ってくれたそれを、緑子が素早くコピー＆ペーストしてメモ帳アプリで見せるという連係プレーを、あのときふたりは取ったのだ。

「何にせよ、リカちゃんも安心したみたいだったよ。午後の稽古も、いつも以上に元気にやってたし」

「良かったです。好きな剣道に、余計なことを気にせず一生懸命取り組んでほしいですもんね」

大好きなスポーツに対して、真剣に取り組む姿勢。本当の意味での楽しむ気持ち。羽田と出会ってから、緑子が何度も教えられたことだ。

あたしも、いつか……。

「うん？」

「あ、いえ、ごめんなさい！」

羽田ではないが、無意識のうちに彼の目をじっと見つめていたらしい。あたふたと両手を振った緑子は、肩から下げたトートバッグが揺れたことで、中に入れてあったものについても思い出すことができた。

「羽田さんて、和菓子好きでしたよね」

落ち着きを取り戻してトートバッグから出したのは、余った栗羊羹のサンプルふたつである。サンプルとはいえ商品とまったく同じものなので、綺麗に個別包装されている。

「良かったら、どうぞ」

「え？　いいの？」

「はい。あたしは仕事しながら、いっぱい食べちゃいましたから。両方とも持って帰ってください」

真っ直ぐ差し出すと、「ありがとう。じゃあ、いただきます」と嬉しそうにふたつとも受け取ってもらえた。

「自分で味見しまくったり、こうやって余ったサンプルもらったりで太っちゃいそうです。賀那子さんにも言われたんですけど、そろそろ本気で気をつけないと」

なかば真剣な様子で口をとがらせる緑子に、羽田がまたおかしそうな顔をする。

「そう？　全然大丈夫だと思うけど。むしろ一色さん、痩せてるぐらいじゃない？」

「外からはそう見えるだけですよ。昔はたしかに細かったんですけど、過去の栄光ってやつです」

過去の栄光、という言いかたが余計ツボにはまったらしく、羽田はついに「あはは」

と声に出して笑い始めた。

「笑いごとじゃないですよ、もう」

「ごめん、ごめん。一色さんらしい例えだなって思って」

謝りながらも楽しそうな笑みを浮かべたままの顔を見て、緑子は胸の内でつぶやいた。

うん、やっぱりこっちの方がいい。

出会ったばかりの頃、羽田はもっとクールな印象で、こんな風に目の前で大きく笑うことなどない人のように感じた。けれども今の彼は自分から緑子に声をかけて、自然な笑顔もたくさん見せてくれる。

「でも、食事を気にするっていうのは正解だね」

並んで大学の正門を出たところで、羽田の口調があらたまった。もはやおなじみになった、栄養学について語るときのあのトーンだ。

また何か教えてもらえるのかも、という期待と同時に、羽田がさり気なく車道側に回り込んでくれたことにも緑子は気がついた。勝手な感想だが、なんだか大事にされているみたいで嬉しい。

歩きながら、羽田は話し始めた。

「一色さんも知ってるだろうけど、ダイエットはあくまでも負のカロリーバランス、つまり消費カロリーの方を多くすることが大前提だから」

「あ、はい」

緑子の脳裏に、昼間会った白衣姿が浮かぶ。あの気さくな先生も、食事に気を遣って健康でいてほしいなと思う。

「もちろん、カロリー消費の手助けとリバウンドを防ぐために、運動もできるだけしておきたいけどね」

「そうですね」

言われて、緑子は普段の生活を省みた。先生のように忙しい研究者ならともかく、少なくとも自分は運動する時間ぐらいは取れるだろう。問題は、何をやるかだが……。

むむ、と眉間にしわを寄せていると、羽田が明るく勧めてきた。

「一色さん、ジョギングとかから始めてみれば？　マラソンブームで女性ランナーも増えてるし」

「う〜ん」

少し間を置いてから、緑子は答えた。

「走るのは、ちょっと苦手かも。あ、フィットネスクラブにでも入って、泳ごうかな」

「そうなんだ」

頷いた羽田は、「でも」とフォローするように続ける。

「スイミングも全身を使う有酸素運動だし、いいと思うよ。フィットネスクラブなら、筋トレもスタジオレッスンもできて、運動を続けるモチベーションも上げやすいだろうし」

「そうですね。あたし、ヨガとかも興味あるんです。こう見えて、体は柔らかいんですよ」

「へえ」

目を丸くした羽田は、笑顔でもう一度頷いた。

「見た目がすべてじゃないし、さっきも言ったように一色さんは問題ないと思うけど、体形を保つ努力をすることには俺も大賛成だよ。アメリカだと太ってる人は自己管理ができてないって判断されて、評価が下げられる会社とかもあるくらいなんだ」

「えっ！」

今度は、緑子が目を丸くする番だった。羽田はアメリカの大学出身なので、向こうの実状に詳しいのだろう。

「あっちは医療費が高いこともあって、健康に関しては文字どおり自己管理・自己責任っていう風潮が日本より強いんだ。少なくとも、俺はそう感じた。そのぶんフィットネス産業が盛んだし、サプリメントや健康食品もやたらと種類が多くて」

「そうなんですね」

「なんにせよ、『運動は一生の仕事』って言葉もあるくらいだから、何か楽しく続けられるものが見つかるといいね」

「はい！　ありがとうございます！」

返事とともに、緑子はスマートフォンを取り出した。

「どうしたの？」

「いえ、今の『運動は一生の仕事』っていうのも、メモっとこうと思って」

「前もそうしてたけど、まさか一色さん、俺が教えたことを全部そうやって書きとめてくれてるの？」

「はい。マネキンとしてまだまだですから」

素直に答える緑子を見て、羽田は何かまぶしいものを見るような顔をしている。

「どうしました？」

逆に聞き返すと、「いや、立派だなと思って」とストレートに告げられた。

「お客さんのためを想って、そうやって一生懸命に成長しようとするところ、すごく立派だしすてきだと思う」

「あ、ありがとうございます」

思わぬタイミングで飛んできた褒め言葉に、緑子は数分前にみずから予想したとおり、リアクションに困ってしまった。少し顔が熱い。

「あの、ちなみに羽田さんは、どんな運動を？」

動揺をごまかすように聞いたが、羽田は何事もなかったように教えてくれた。

「仕事先のトレーニングルームで筋トレしたり、グラウンドで走ったりしてる。トレーナーは、指導するエクササイズの実技を必ず見せなきゃいけないからね」

「あ、そっか。そうですよね」

考えてみれば当たり前の話である。そしてたしかに、羽田の体はトレーナーらしく引き締まっている。Tシャツやポロシャツがよく似合う、今風に言うところの「細マッチョ」という感じの体だ。

「体形もそうですけど、羽田さんていつも小綺麗にしてますよね。女子的にも、そこはポイント高いです」

失礼にならない程度に羽田の全身を見つめた緑子は、普段から思っていたことを落ち着いて口にすることができた。彼が真っ直ぐに自分を褒めるので、乗せられたのかもしれない。

「それはどうも」

苦笑した羽田だったが、すぐに真摯な口調に戻って続けた。

「ファッションとかには疎《うと》いけど、少なくとも汚い格好のまま人と接しないようには気をつけてるつもり。客商売じゃないけど、トレーナーだって人間を相手にすることには変わりないし、ましてや人の体に触れたりすることもあるからね。なんにせよ相手に不快な印象を抱かせない心がけっていうのは、社会人としてのマナーだし、スポーツの世界だってそれは同じだと思うんだ。トレーナーとかコーチ、つまり指導者だからって偉いわけじゃない。どんな立場でも、人としての勘違いだけはしちゃいけないから」

「はい」

どんな立場でも、人としての勘違いだけはしちゃいけない。

その言葉もまた、緑子の胸に染み渡った。羽田のようなトレーナーやコーチが、栄養士やマネキンが、もっと増えてほしいと心から思う。そして自分も、いつかそんな『食育の忍者』になりたい。なれるように頑張りたい。

「はい！　そうですよね！」

繰り返して、目を輝かせた瞬間。

「わあ！」

ビルの切れ間から、鮮やかな夕焼けが差し込んだ。緑子の小さな顔とつぶらな瞳が、オレンジ色に照らし出される。

「綺麗だね」

「はい、とっても！」

笑顔で頷くと、羽田はなぜか苦笑いを浮かべていた。

第四章 冬～ケーキとパン～

1

スピーカーから流れるBGMが、『おめでとうクリスマス』から『赤鼻のトナカイ』へとスムーズに切り替わった。アップテンポにアレンジされたクリスマスソングメドレーは、聞いているだけでも心が浮き立ってくる。

「いらっしゃいませ！　各種ケーキの試食販売、実施中でーす！」

「クリスマスケーキのご予約も、承っておりまーす！」

リズムに合わせて歌うように、緑子と賀那子も元気な声を張り上げた。

十二月最初の日曜日。緑子と賀那子は五月にも訪れた大型ショッピングモール内の、メインエントランス付近にあるケーキ店で試食販売会を行っていた。呼び声のとおりクリスマスケーキの予約受付も業務に入っており、午前中からかなり忙しい。

「デコレーションケーキに、ブッシュ・ド・ノエルもございまーす！」

「どうぞお気軽に、お声がけくださーい！」

息の合ったタイミングで交互に呼びかけるふたりの姿に「わあ、可愛い！」、「ママ、ちっちゃいサンタさんがふたりも！」といった感想が、通りかかった人々の口から笑顔とともにこぼれる。それもそのはずで、緑子と賀那子が身に着けているのはいつものエプロンではなく、クリスマス商戦のお約束とも言うべき真っ赤なサンタ服と帽子なのだった。さすがに下半身は普段と同じパンツルックだが、小柄な体にハーフコート状のサンタ服を着たお揃いの姿は、まさに『ちっちゃいサンタさん』と呼ぶにふさわしい。

お客さんが途切れたところで、賀那子が満足そうに振り向いた。

「うんうん。緑子ちゃんも、すっかり恥じらいが薄れたわね。それでこそ、ちっちゃいサンタ二号よ」

「はあ」

なぜかいつも以上に楽しそうな、自称『ちっちゃいサンタ一号』の先輩に、緑子は苦笑いを返すしかない。

今はすっかり慣れたが、賀那子が言うようにサンタ服でこの場に立ってからしばらくは、どうしても恥ずかしさが拭えなかった。可愛らしい衣装なのは認めるが、こういうのは芸能人かテーマパークのダンサーでもない限り、似合わないだろうとも思う。実際、学生時代のちょうど同じ時期に友人たちと遊びにいった地方のテーマパークでは、美しい女性ダンサーが似たような衣装を華やかに着こなして、満面の笑みでショーやパレードで踊っていた。

まさか、同じような格好することになるなんて。

楽しかった記憶を振り返りながら、緑子は内心でも苦笑した。

会社で「グリーンちゃんも、週末はこれな」と、社長の横須賀からサンタ服と帽子を手渡されたときは、目を見開いて抗議したものである。

「ええっ！　二十三にもなって、コスプレですか⁉」

すると正面の席から賀那子が「あたしはもうすぐ二十五だけどね」とじろりと睨んできたが、蓋を開けてみれば彼女は、年齢などお構いなしにコスプレ販売を楽しんでいる。本人いわく、「年なんか関係ないわよ。可愛いって連呼してもらえるのなんて、こういうときだけなんだから」とのことで、十時半の販売開始からエンジン全開で愛想を振りまきっぱなしだ。

お陰で特にクリスマスケーキの予約が好調で、定番の生クリームタイプとショコラという二種類のデコレーション、さらにはブッシュ・ド・ノエルも合わせて合計で二桁以上の予約をすでに受け付けた。しかもその半分以上が、クリスマスケーキとは別に試食販売中のチーズケーキや抹茶ショートケーキも購入してくれたので、店の人たちも大喜びだ。

「ちっちゃいサンタを、なめたらいけないわよ。去年はちょうどイブの日だったから、デコレーションだけで百個以上売ってやったんだから。今年も予定のない女は、仕事にパワーを注ぐのよ！　ざまあみなさい！」

ややや逆恨みっぽい気がしないでもないが、鼻息荒くモチベーションを上げる賀那子に釣られるように、気がつけば緑子も衣装になじんで大きな声を上げていたのだった。

客足がやっと穏やかになった、正午過ぎ。

切り揃えた前髪の下に滲《にじ》む汗を拭った賀那子が、なんの気なしに聞いてきた。

「緑子ちゃんは、クリスマスどうすんの？」

「え？」

「ああ、でも彼の方が忙しいのか。冬休みに入っちゃうしね」

「はい？」

勝手に納得しているので、緑子は首を傾げた。聞き間違いでなければ今、「彼」とか言わなかったか。

「ええっと、賀那子さん？」

眉根を寄せつつ聞くと、これまたなんでもないような口調でさらなる質問が飛んできた。

「羽田さんとデートしないの？　ていうか、まだ付き合ってないの？」

「はあ!?　なな、何言っててんですか！　付き合うも何も、それこそデートしたことすらありません！」

すかさず否定すると同時に、緑子は頭の片隅で中学生のような確認をしてしまった。

ふたりっきりで帰ったのはデートには入らない、よね……。

顔全体をサンタ帽と同じ色にしている後輩に笑いながら、賀那子は続ける。

「だらしないなあ。仕事のときは、こんなに積極的なのに。ちっちゃいサンタ二号として、イケメンのひとりぐらい落とせないでどうするの」

「……いや、意味不明なんですけど」

赤くなった頰を緑子が引きつらせると、「でも、メールぐらいはしてるんでしょ？」と、痛いところをつかれた。

「それはまあ、その、ちょくちょくと」

メールではなくスマートフォンのメッセージアプリが主だが、秋に賀那子の母校で連絡先を交換して以来、羽田とは定期的に連絡を取り合っている。とはいっても仕事の現場が一緒になったときのように、緑子が栄養学に関する質問をして羽田が優しくそれに答えるという、色気も何もないものばかりだが。
じつは昨夜もメッセージで会話したのだが、やはりそうした内容だった。
《こんばんは、羽田さん。またちょっと教えてほしいことがあるんですけど、いいですか？》
ひとり暮らしをする都内のアパートから緑子がメッセージを送ると、羽田はすぐに返信をくれた。
《こんばんは。もちろん大丈夫だよ。また何か、困ったことがあったの？》
《いえ、困ったわけじゃないんですけど、ちょっとよくわからないことがあって》
賀那子にはああ言ってごまかしたものの、もうすぐクリスマスか、と緑子が淡い期待を抱きながらメッセージを送ったのはたしかだ。もちろん自分からそのことに触れるような勇気はこれっぽっちもないので、いつもと同じく至って普通の文面での会話である。
ともあれ栄養素について調べている最中、どうしてもわからないことがあったのはたしかなので、素直に彼の助けを仰ぐことにしたのだった。
《うん。何について？》

《はい。アミノ酸についてなんです。アミノ酸のサプリメントとか、アミノ酸が入ってるドリンクってたくさんありますよね。でもネットとか本で調べたら、タンパク質が分解されてアミノ酸になるって書いてあったので、じゃあどう違うのかなって。お肉とかお魚、あとは羽田さんがいつも売ってるプロテインのサプリメントで取るのと、何が違うんですか？》

《ああ、なるほど。たしかにアミノ酸っていう言葉は、すっかりおなじみになったよね》

やはり数秒のうちに返信が表示されるので、緑子は自然と笑顔になった。直接顔を合わせたときと同じように、羽田が画面の向こうから、こちらをじっと見つめてくれているように感じる。

《でも、自分できちんと調べてから聞いてくるなんて、さすがだね。一色さんらしいよ》

続けてそんなことも言われたので、ますますにこにこしてしまう。緑子はすかさず《ありがとうございます！》と嬉しそうな顔のイラストとともに、返事を送っておいた。

《どういたしまして（笑）。で、アミノ酸についてなんだけど一色さんの言うとおり、ヒトの体はタンパク質をアミノ酸に分解して吸収するんだ。だからアミノ酸ていう形で摂取することのメリットとして、吸収スピードが速いっていうのがひとつ》

《はい》

《それともうひとつは、アミノ酸にすると〝狙ったアミノ酸を取れる〟っていうことがあるんだ》
《狙ったアミノ酸？》
ここまでくると、もう完全に普段どおりの会話だ。羽田が解説し、緑子が頷いたり質問を返したりという、先生と生徒のようなやり取り。ぽんぽんと続く会話のキャッチボールは、面と向かって話すときとほとんど変わらないくらいのペースになっていた。
《うん。ヒトの体を作るアミノ酸が、二十種類に分かれてるってことは知ってる？》
《はい。それもネットに書いてありました。あ！　そういうことか！》
返信を打ち込みながら、緑子は理解した。
《そう。つまり、アミノ酸の種類ごとに働きが異なるんだ。例えばサプリメントでもよくあるBCAAっていう三つのアミノ酸が組み合わさったものは、筋肉の材料になったり、逆に筋肉の分解を防いでくれたりすることが知られてる》
《そういえば、BCAA配合って書いてあるスポーツドリンクとか見たことあるかも》
《あれはまさに、筋肉へのそういったポジティブな効果を狙ってのものだろうね。まあ含まれてる量としては、たいしたことないものも多いみたいだけど（笑）》
《へえ》

羽田はよく《(笑)》という表現を使う。頭ごなしに否定したり攻撃したりするのではなく、「仕方ないなあ」と、いったん相手を受け止める彼の優しさが形になっているみたいで、緑子はこの《(笑)》が好きだった。

笑みを浮かべる緑子に頷いたようなタイミングで、続きが届いた。

《他にも疲労回復や免疫機能にかかわる、グルタミンていうアミノ酸なんかが、サプリメントでは定番だね》

《そっか。だから、目的に応じて〝狙ったアミノ酸〟を取るんですね》

《うん。ついでに言えば、二十種類のアミノ酸のうち九種類は体の中で作り出せないからどうしても食事、つまりタンパク質っていう形で取る必要がある。その食事で足りない部分を補うのが、サプリメント本来の役割。そもそも「supplement＝補足、補う」っていう意味だし》

《あ、聞いたことあります！》

You are what you eat.という言葉を教えてくれたときと同じように、流暢《りゅうちょう》な発音で喋る声が聞こえたような気がして、緑子はご機嫌だった。ベッドに座ってスマートフォンを操作中の体が、いつの間にかリズミカルに弾んでいる。

《逆に言えば体で作れない九種類のアミノ酸、『必須アミノ酸』ていうんだけど、それらを吸収スピードにこだわらずバランス良く取りたければ、食事やプロテインの方がいいんじゃないかな。あとはアミノ酸っていう形にすると、分解するぶんコストがかかるから値段も高くなるし、苦味とかが出やすくなっちゃうみたいなんだ。あくまでも個人的な感想だけど、プロテインほど飲み口は良くないと思う》

《なるほど》

《だから、基本はあくまでも食事。それでもタンパク質が不足しがちなアスリートとか成長期の子どもはプロテイン、ちょっと本格的に体の機能をピンポイントで助けたい人がアミノ酸、みたいな位置づけだね。少なくとも俺は、トレーナーとしてそういうスタンスだよ》

お得意の《(笑)》だけでなく、「自分はこう思うけどね」という言いかたにも羽田の人柄が表れている。科学的な根拠がないものに関してはズバリと切ることもあるが、自身と違う考えや感じかたをごく自然に尊重できるのは、やはり海外、それも様々な人種が集うアメリカという国で生活したことがあるからかもしれない。

すてきだなあ。

上機嫌のまま、緑子はお礼のメッセージを送った。

《そういうことだったんですね。よくわかりました！　ありがとうございます！》

《どういたしまして。一色さんに話すと自分の復習になって俺も助かるし、楽しいよ。こちらこそ、ありがとう》
「やった！」
ガッツポーズとともに、つぶやいた言葉を思わずそのまま入力しそうになった緑子は、《あたしも楽しいです！》とあわてて書き直してから、送信ボタンをタップしたのだった。

十数時間前のやり取りを緑子が思い出していると、賀那子がにやりと笑った。

「その顔だと連絡自体はこまめに、しかもいい感じでしてるみたいね」

「べ、別に普通ですよ、普通」

「普通ねえ。どうせ緑子ちゃんのことだから、デートに誘うどころか業務連絡みたいなやり取りしかしてないんでしょう。アミノ酸てよく聞きますけど、どういう効果があるんですか？　みたいな」

「…………!!」

完全に図星で、しかも質問内容まで大当たりである。「だらしないなあ」と、もう一度口にした『ちっちゃいサンタ一号』は、ばしんと背中を叩いてけしかけてきた。

「それこそ普通に、食事しませんかって誘えばいいじゃない。まさかいきなり部屋に連れ込もうとか、考えてるわけじゃないでしょうね」

「当たり前です！」

即答しつつも緑子は、自分の部屋に羽田がいる場面を想像してしまった。じつはいつだったかのやり取りで、羽田も緑子の住む街から電車で二駅ほどのところでひとり暮らしだと聞いたことがあるのだが、また面倒なことを言われそうなので賀那子には黙っておく。

「で、ぶっちゃけどうなの？　少なくとも、羽田さんとデートしたいとは思ってるでしょ？」

「ノーコメントです！」

意味もなく、緑子はサンタ帽を目深に被り直した。イエスと素直に言えればいいが、男性と付き合うどころか、デートらしいデートすらしたことのない身なので、どうすればいいのか本気でわからないのだ。見た目だけでなく中身も子どもか！　と自分で自分に言ってやりたい気分である。

「どう見ても、向こうも満更じゃないと思うけどなあ。でも似た者同士っていうか、羽田さんの方も煮え切らない感じよね。ゴール前でキーパーまでかわしたのに、シュートを打たないっていうか」

「なんですか、それ」

最近Jリーグ観戦にハマっているという賀那子らしい例えに、緑子が律儀につっこんだとき。

「あ、噂をすれば」

「え？」

「ほら、羽田さん」

わざとらしく数メートル先を眺める賀那子に、緑子は「からかわないでください」と、頬をふくらませてみせた。

だが、賀那子の言葉は嘘ではなかった。

「ええっ!?」

「こんにちは」

なんと、本当に羽田が現れた。この時期なのでマネキン販売で一緒になるときは長袖シャツの上にいつものTシャツ、もしくは同じくメーカーロゴの入ったウインドブレーカーやベンチコートという格好の彼だが、今日はめずらしく私服姿だ。

「こんにちは、羽田さん。今日はオフですか？」

「はい。でもちょっと、用事があって」

にこやかに賀那子と会話を始める姿を、緑子は呆然と見つめるしかなかった。羽田の私服は黒いダウンジャケットにジーンズというシンプルなものだが、引き締まった体形に加えて姿勢もいいのでよく似合っている。

「そうか、今日はケーキの試食販売なんですね」

「ええ。毎年この時期は、クリスマス関連の仕事ばっかりです」

「忙しそうですね。頑張ってください」

賀那子に笑顔で答えてから、羽田は緑子にもにこやかに声をかけてきた。

「一色さんも、頑張って」

「あ、はい!」

我に返った緑子だったが、少しだけ違和感を覚えた。

あれ?

視線をずらした彼が、テーブルに置いてある試食トレイや自分の背後に、真剣な眼差しを向けたように見えたからだ。それはあの、栄養学やスポーツ科学に関して何かを教えてくれるときの目だった。

「羽田さん?」

怪訝な顔をする緑子に、「これって、あそこにあるケーキ?」と羽田は試食トレイ、そして斜め後方にあるショーウィンドウと順に手で示しながら逆に確認してきた。

「あ、はい。今日はチーズケーキと抹茶ケーキを、試食でお出ししてるんです。あとはクリスマスケーキの予約も」

「ふーん。おいしそうだね」

答えた彼の顔には、いつの間にか笑みが戻っている。

何だったのだろうと思ったものの、さらに「衣装も可愛いね。似合ってる」と続けられたことで、それどころではなくなってしまった。

「どど、ど、どうもです！」

羽田の私服はしっかりチェックしたくせに、自分の格好のことは言われるまですっかり忘れていた。しかも「可愛い」衣装が「似合ってる」という、口説き文句まがいの台詞による不意打ちである。

「良かったわね、ちっちゃいサンタ二号さん」

さっき以上に赤くなる緑子の姿に、隣の賀那子がまたにやりと笑う。羽田にも聞こえたようで、『ちっちゃいサンタ二号』という呼び名がおかしかったのか、さらに表情をゆるめるのがわかった。

優しい反応に気を取り直した緑子は、心ひそかに決意した。

あとでメッセージを送ってみよう。食事に誘って、それと――。

よしっ！　と小さく頷いたことで、ますます落ち着けた気がする。まだ少し頬は熱いものの、お陰で次の台詞は普段の接客と同じように、朗らかな声で言うことができた。

「良かったら、羽田さんも召し上がってみますか？　チーズケーキも抹茶ケーキも、おいしいですよ」

トレイを手に取って、にっこりと掲げてみせる。おたがいに笑顔だし、羽田が甘党だということも知っている。間違いなく食べてもらえるだろう。自分の手作りでもなんでもないけれど、差し出したものを彼が「おいしい」と口にしてくれるのはやっぱり嬉しい。

いつか、あたしが作ったお菓子とかも食べてほしいなあ。

つい妄想がふくらみかけたとき、ふたたび予想だにしなかった言葉が浴びせられた。

「ああ、ごめん。今はいいや」

「え？」

「ちょっとこれから、他のものも食べないといけないんだ」

「は？」

「羽田さん？」

緑子だけでなく、賀那子も不思議そうな声を出した。

きょとんとするふたりの前を、羽田は「じゃあ、また」とあっさり離れていく。

その口がさらに予想外の、しかもショックなひとことをつぶやいたのを、緑子は聞き逃さなかった。

「あれじゃ、だめなんだよな……」

緑子が自分を取り戻したのは、たっぷり五秒は経過してからだった。

「はあ⁉」

トレイを置いて、眉間に大きくしわを寄せる。聞き間違いではない。羽田はたしかに言ったのだ。「あれじゃ、だめ」と。

「だ、だめって、あたしのケーキが食べられないってこと⁉」

今までとは別の意味で顔を赤くし始める緑子に苦笑しつつ、賀那子もおかっぱ頭を傾ける。

「どういう意味だろうね」

「だめっていうからには、だめってことじゃないですか！　あたしのケーキがだめってことですよ！　何よ、もう！」

「あんたが作ったケーキじゃないでしょ」

すかさずつっこまれたが、一転して不機嫌になった緑子は収まらない。せっかくささやかな決意もしただけに、怒りも大きいというものだ。

「何が、可愛い衣装が似合ってるよ！　どうせいろんな女の子に言ってるんでしょ！　サッカー大会のシオリちゃんとかサキちゃんとか、剣道部の子たちの方が全然可愛かったし！　だいたいあの人、いっつも女の子の目ぇ見すぎなんですよ！　そうやって勘違いさせて！　詐欺ですよ、詐欺！　イケメントレーナー詐欺！」

「あのねえ、緑子ちゃん」

苦笑から失笑になっている賀那子に対して、なぜか堂々と胸を張った緑子は、聞かれてもいないことまで宣言したのだった。

「もういいです！　あんな軽薄な人を好きになりかけた、あたしが浅はかでした！　また相談したいこともあったけど却下です、却下！　大却下！　頼まれたって、デートになんて誘ってあげないんだから！」

2

羽田に対して自分の中で勝手に三行半《みくだりはん》をつきつけた緑子だったが、怒りはなかなか収まらなかった。だが同時に、もやもやしたものも胸にこびりついて離れない。

どうして、あんなこと言ったのかな。

やはり気になって仕方がない。このケーキの何がだめなのだろう。それとも、自分の接客態度がだめだったのだろうか。

いつもだったら、すぐ教えてくれるのに……。

当然ながら、そんな心境では仕事に集中できるはずもなかった。

「いらっしゃいませー」

客引きの声にも、明らかに張りがない。

「ケーキ試食会、実施中でーす」

声だけでなく、笑顔まで作り物めいたぎこちなさだ。口角は上がっているのに目は笑っていないので、むしろ恐怖を感じさせるくらいの表情である。しかも本人は自覚がないので始末が悪い。

「ちょっと、緑子ちゃん」

見かねて賀那子が注意するが、その声も耳に届かない。

「予約のケーキ、受付中クリスマスでーす」

ついには日本語までおかしくなってきたところで、頭を軽くぽかりとやられて、ようやく我に返った。

「こら！」

「痛っ！　あ、賀那子さん。今、頭に何か当たったんですけど、賀那子さんは大丈夫でした？」

「あたしが叩いたの」

「え？　はあ」

理解できないまま目を白黒させる緑子に、両手を腰に当てた賀那子は告げてきた。

「緑子ちゃん、休憩行きなさい」

「え？　でも、賀那子さんが先でいいですよ。あたしはもうちょっと働いてから——」

「働いてないでしょ」

「え」

三度目の「え」を口にしたところで、賀那子がポケットから自分のスマートフォンを取り出した。画面を操作して、「ごめんね。盗撮したわけじゃないんだけど」と、緑子に向けてみせる。

「ええっ！　これ、あたしですか!?」

スクリーンには、ホラー映画のような笑みと怪しい日本語で客引きをする、奇怪なサンタ服姿の女性が映し出されていた。

「そうよ。羽田さんに怒ったあとから、こんな感じ。これじゃ、お客さんを呼ぶどころか逃げられるわよ」

「……すみません」

しょんぼりとうつむく緑子の両肩を、「というわけで」と賀那子は優しく摑んだ。

「休憩に入って、ついでに羽田さんを捜してきちんと話をしてきなさい。なんなら、見つかるまで帰ってこなくてもいいから」

「え？　でも」

「緑子ちゃん、あたしを誰だと思ってんの」

いたずらっぽく賀那子は続けた。

「言ったでしょ。ちっちゃいサンタ一号を、なめんじゃないって。もちろんふたりでやる方がいいけど、ひとりだってやりようはあるんだから」

「は、はい」

か細く答える緑子の眼前で、おかっぱ頭の前髪が揺れる。

理知的な瞳を眼鏡の奥できらめかせ、頼りになる先輩はもう一度言ってくれた。

「行きなさい。好きになりかけてる人のところに」

「はい！　ありがとうございます！」

ぺこりと頭を下げた緑子は、サンタの衣装を手早く脱いで、ショッピングモール内へと駆け出した。


とはいえ、モールの中は広い。自分たちがいたような食品店や飲食店はもちろん、CDショップや書店の他、お洒落なブランドブティックや雑貨屋、さらには映画館など、合わせて二百近い店舗が三階建ての大きな施設内に立ち並んでいる。

どこに行ったんだろう。

勢いのまま、とりあえず羽田の訪れそうなところということで、二階にあるスポーツ用品店の前まで来た緑子だったが、立ち止まりあらためて考えた。施設内を小走りに移動する間に、多少落ち着いたからだろうか。

やみくもに捜しても、難しいよね。

会えないどころか、すれ違いで彼がショッピングモールを出てしまうかもしれない。いや、ひょっとしたら、すでにそうなっているおそれだってある。スマートフォンから《一色です。ちょっとお話ししたいことがあるんですが、どこにいますか？》というメッセージも送っておいたが、気づいていないのか既読マークすらついていない。

どうしよう……。

不安が胸に広がりかけたとき、どこかで聞いたような呼びかけが耳に入った。

「いらっしゃいませ！」

「クリスマス限定メニューもございまーす！」

「ジンジャークッキーは、ご試食も可能でーす！」

顔を上げるとスポーツ用品店の斜向かいにあるカフェで、スタッフらしき男女が客引きをしていた。ふたりともエプロン姿がよく似合っており、いかにも〝カフェのお兄さん、お姉さん〟といった感じだ。

「こんにちは！」

「よろしければ、いかがですか？」

思わず二、三歩近寄った緑子に、ふたりは爽やかな笑顔で声をかけてきた。お姉さんの方は、胸の前で軽く手まで振ってくれる。もはや慣れてしまったが、緑子のことを休日に買い物に来た女子中学生とでも思ったのかもしれない。

「ジンジャークッキー、食べてみる？」

お姉さん（といっても、同い年くらいだろう）が、手にしたトレイを胸の前に差し出してくる。

「ありがとうございます」

苦笑しつつ、緑子は素直にクッキーの欠片を受け取った。口に入れると甘味とショウガの風味がバランス良く広がって、純粋においしい。ソフトタイプなので、ぼろぼろと崩れることがないのもいい感じだ。

「おいしいですね。食べやすいし」

「ありがとう」

「ありがとうございます！」

って、おやつ食べてる場合じゃないでしょうが！

カフェ店員たちの笑顔を見上げながら、緑子は内心でみずからつっこんでしまった。

他の試食が気になるのは、もはやマネキンとしての職業病かもしれない。

と、その瞬間。

「あ！」

ある記憶が甦って、緑子は大きく目を見開いた。

「どうしたの？」

「大丈夫？」

小首を傾げるお兄さんとお姉さんに、「ごちそうさまでした！」と頭を下げた緑子は、くるりと踵《きびす》を返してふたたび駆け出した。同時に頭の中で、ブーメラン型をしたこのショッピングモールの大まかな地図を思い浮かべる。ここでの試食会は二回目だし、ジャンル別のショップ配置ぐらいはもう覚えている。

「試食会やってるお店、探さなきゃ！」

自身に言い聞かせるようにして、緑子はフロアの端にある階段へと向かった。エスカレーターを使うより断然早いし、一階に下りて端から見ていくにはむしろ好都合だ。

そう。羽田がいるとすれば、きっと一階だ。ケーキの試食を断ったとき、彼はこうも言っていたのだ。

——ちょっとこれから、他のものも食べないといけないんだ。

あれはつまり今のカフェ、そして自分たちのケーキ店と同じように、何かの試食会を開催中の場所へ行くということではないだろうか。どこかの飲食店で食事をするという可能性もなくはないが、緑子には羽田の行き先が試食会のはずだという、確信に近い思いがあった。

羽田は、優秀なトレーナー兼マネキンだ。休日に別の試食会を訪れて勉強するなんていかにも彼らしいし、「他のものも食べないといけない」という言いかたからして、仕事絡みの行動と見てまず間違いないだろう。そしてこのショッピングモールで、試食会や試飲会を行うような食品店が配置されているのは、一階の『ファミリーゾーン』なのだ。二階はスポーツ用品店や書店、ＣＤショップなどからなる『ライフスタイルゾーン』で、飲食店はさっきのカフェひとつだけ。三階は逆に『グルメゾーン』と名づけられたレストラン街とフードコートだが、カフェならまだしも、レストランやフードコートで試食会というのはあまり考えられない。

あとは片っ端から見ていくしかないけど……絶対、捕まえる！

二階のフロア端に辿り着いた緑子は、強い想いとともに階段を一段飛ばしで駆け下りていった。まるで泥棒を追う刑事のような心持ちだが、本人は至って真剣である。

羽田に会いたい。会って、彼の真意を問い質したい。

なんで、あたしのケーキじゃだめなのよ！　理由を聞いて、何がなんでも食べてもらうんだから！

賀那子が聞いたら笑いだしそうな決意と怒りを抱えたまま、緑子は一階フロアに下り立った。休む間もなく、自分がいたケーキ店もあるメインエントランス方面に向かって、食品関連の店舗を確認しつつ進み始める。

最初に確認したのは、おいしそうな輸入チョコの試食会を行っているチョコレート専門店だった。だが、店頭にも中にも羽田の姿はない。

するとちょうど店から出てきたふたり連れのお客さんと目が合った。

「あら、こんにちは！」

「こんにちは！」

笑顔で手を振るのは、ゴールデンウィークにここで出会い、羽田が『まごわやさしい』という格言から見事な推理を披露した、あのマダムと孫の高校生だった。ふたりで仲良く買い物中のようだ。

「ああ！　こんにちは！　お久しぶりです」

次へと向かいかけていた足を止めて、緑子も笑顔で頭を下げる。

「お昼休み？」

「はい」

マダムの問いに頷いた緑子だったが、走って上気した顔を見た孫息子に、「大丈夫ですか？　誰か捜してるとか？」と、ずばりと言い当てられてしまった。

「ええ、そうなんですけど」

答えた緑子は彼が事件のとき、羽田を尊敬の眼差しで見つめていたことを思い出した。自分に対してと同じように、きっと今でも顔を覚えてくれているだろう。

「あのときの、プロテインの試飲会をしてたトレーナーさんを捜してるんです。どこかで見かけませんでしたか？」

「ああ、あのイケメンさんね。ちょうどさっき、見かけたわよ」

「はい。やっぱりどこかに急いでらっしゃるみたいだったので、ご挨拶しそびれちゃいましたけど」

「本当ですか!?　どっちに行きました？」

ふたりの返事に、緑子は食いつくような勢いで尋ねた。

「あっちです。出入り口の方に、早足で向かわれました」

「彼氏さんと、はぐれちゃったのね。会えるといいわね」

「ありがとうございます！」

マダムの勘違いを否定することも忘れて、緑子はもう一度頭を下げてからすぐに走り出した。

羽田の目撃情報をくれたのは、マダムと孫息子だけではなかった。

少し先にあるドーナツショップ。ここにも羽田の姿はなかったが、スノーマンやリースをかたどった可愛らしいクリスマス限定商品の試食会場で、今度は夏にサッカー場で熱中症対応をした、シオリちゃんとお父さんが声をかけてきたのだ。

「あ！　お姉さん、こんにちは！」

「こんにちは。その節は、どうもありがとうございました」

ふたりの後ろには、お母さんもいる。このショッピングモールはさいたま市内からもほど近いので、やはり家族で訪れたのだろう。

そして彼らもまた、羽田が緑子と同じ方向に向かったことを優しく教えてくれた。

「あの、すごいトレーナーさんですね」

「イケメンのお兄さんなら、あっちに行ったの見ましたよ！」

「ありがとうございます！」

礼を述べて、次に向かった和菓子の店では。

「あっ！　一色さんじゃないですか！」

ここではなんと、賀那子の後輩である女子剣道部員のリカに名前を呼ばれた。見ると、季節に合わせたトナカイ型の饅頭やツリーを模したきんとんを、同じ日に出会った〝先生〟のアシスタントを務める男性と一緒に試食している。やはり彼が、リカのボーイフレンドだったらしい。

「こんにちは、リカさん。と、彼氏さんもお久しぶりです」

「ああ！　あのときは、どうも！」

リカから、自分と同じ日に緑子と知り合ったことを聞いていたのだろう。彼氏の方も笑顔で挨拶してくれた。ふたりはこのあと、夕方から近くの国立公園で開催されるイルミネーションを観にいく予定だという。

「羽田さんを捜してるんですか？」

緑子が言う前に察したリカもまた、「今さっき、あそこに入っていかれましたよ」と笑顔で行方を伝えてきた。しかも今回は、より具体的な情報だ。

「ありがとうございます！」

「いえ、頑張ってください！」

どういう意味で言われたのか聞き返す間も惜しんで、緑子はリカとボーイフレンドにも元気に礼を言って、教えられた店へと向かった。

自然と、心強い気持ちが湧き上がってくる。

たまたまだろうけれど、これまで出会った人たちが自分を助けてくれた。草の根的な食育活動を通じて、力になりたいと思ったすてきな人たちが逆に自分を応援してくれた。マネキンになって良かった。駆け出しの〝忍者〟だけど、頑張ってきて良かった。

同時に、一方的な怒りもますますふくらんでいく。

待ってなさいよ、羽田さん！　ケーキの恨みは恐いんだから！

完全な逆恨み以外の何物でもないが、本人はどこまでも真剣である。走ったことで、心拍数とともに気持ちのテンションまで妙に上がった状態だ。

絶っっっ対、逃がさないからね！

前を行く選手を必死に追いかけるランナーのごとく、緑子は爛々《らんらん》と目を光らせてその店に足を踏み入れた。

リカに教えてもらった場所は一階中央にある、五月に試食販売を行ったスーパーマーケットだった。

3

「いた！」

緑子が羽田の後ろ姿を見つけたのは、スーパーの中にある小さな洋菓子コーナーである。

だが。

「え」

羽田はちょうど、若い女性と談笑中だった。それも自分や賀那子と同じように、サンタのコスプレをしたマネキンだ。小さな試食台の隣に立ち、やはり同じようにケーキの欠片を載せたトレイを掲げて、彼に勧めるような態度を取っている。ただひとつ、自分たちと違うのは――。

「なんでミニスカ!?」

若い女性のコスプレは、緑子と賀那子のような帽子と上着だけでなく、下半身も完全にサンタの衣装だった。しかも真っ赤なミニスカートにブーツという、フル装備。

「………………」

あ然として思わず足を止めた緑子の目に、さらなる驚きの光景がもたらされた。

「なっ……！」

微笑みながらミニスカサンタとさらに言葉をかわした羽田が、差し出されたケーキの欠片を満足そうに食べたのである。

「いいですね。おいしいです」

そんな台詞まで聞こえてきたので、緑子は一層頭に血が上るのを感じた。

なんなのよ、それ！　こっちは必死になって捜したのに！

「ありがとうございました」と、ミニスカサンタに頭を下げて洋菓子コーナーを離れた羽田を、肩を怒らせたまま追いかける。

人気のないイートインコーナーに差しかかったところで、緑子は満を持して声をかけた。

「羽田さん！」

「あれ？　一色さん、今、休憩？」

いつもと変わらない穏やかな口調で答えられ、緑子はますます目をむいた。真ん丸になった瞳から、レーザービームのような視線が放たれる。

「は・ね・だ・さん」

「うん？」

「……どういうことですか」

「え？　何が？」

ここに至ってようやく羽田は、緑子が不機嫌だということを理解したらしい。浮かべた笑みが、「ど、どうしたの？」と軽く引きつり始めている。

「女ったらし！」

「えっ!?」

いきなり女たらし呼ばわりされて、羽田は引きつった笑顔のまま固まった。

身動きを封じた今がチャンスとばかりに、緑子は身振り手振りも交えて糾弾を開始する。

「あたしのケーキは食べないくせに、ミニスカのお姉さんが出すと食べるんですね！　しかも、あたしには『だめなんだよな』とか言っといてここでは、いいですね～、おいしいですね～、美人ですね～、なんて鼻の下伸ばして！」

「いや、美人ですねは言ってないけど……」

ささやかな抗議を「似たようなもんでしょ！」と、緑子は力技とも言えるひとことで却下した。幸い周りに他のお客さんはいないが、数十メートル先に立つさっきのミニスカサンタだけは、ふたりの様子に気づいて失笑している。けれどもそんなもの、知ったことではない。

「この女ったらし！　むっつりスケベトレーナー！　どうせあたしはミニスカなんて似合わない、中学生に間違われるチンチクリン女ですよ！　悪かったですね！」

言い切って、大きく息を吐いた数秒後。

固まっていた羽田が、いきなり噴き出した。

「なっ!?　何、笑ってんですか！」

「ああ、ごめん」

口に手を当てた羽田は、「そっか、そうだよね。きちんと説明しなかったよね」と言ってから、なぜか嬉しそうな笑顔とともに緑子を真っ直ぐ見つめてきた。

「一色さんが作ってくれるケーキなら、俺は喜んで食べるってば」

「…………‼」

予想外の台詞に今度は緑子の方が固まってしまったところで、近くにある棚の後ろからよく知っている影がふたつ、並んで現れた。

「やったじゃん、緑子ちゃん！　これで手作りケーキをご馳走したいからって言い訳で、部屋に連れ込めるわね！」

「か、賀那子さん？」

「良かったな、グリーンちゃん。やっぱり胃袋を摑まれると、男は弱いもんだぞ。俺なんてカミさんに、内臓を全部鷲摑みにされてるくらいだ。はっはっは」

「社長！」

おかしそうな顔で歩み寄ってくるのは賀那子と、小さな紙袋をぶら下げたGKコーポレーション社長の横須賀だった。もはや驚かないが、黒いデニムを穿いた横須賀は自分の名前に合わせたのか、なんと虎の刺繡が施された真っ青なスカジャンを身に着けている。いつもながら、一企業のトップにはまるで見えない格好だ。

「どうしてここに？」

目を丸くする緑子に、ふたりはなんでもないことのように答える。

「あたしも休憩にしちゃった。店長さんが、ふたりいっぺんに休憩に入ってもいいって仰ってくれたの。これだけ売ってくれてるし、万々歳だって」

「ちょうど俺も、別件でこのモールに来ててな。で、そろそろふたりも昼休みだろうから飯ぐらい奢ってやるかって顔を出したら、グリーンちゃんが自分のケーキを無理矢理食わせるために、輝くんを追っかけてったって言うじゃねえか。それならここだってことで、賀那子ちゃんと様子を見にきたんだ」

「そうだったんですね……って社長！　それと賀那子さんも！」

素直に納得しかけた緑子は、ワンテンポ遅れながらも「どさくさに紛れて、変なこと言わないでください！」と、いつものようにつっこんだ。

「あ、あたしは羽田さんに、何ていうか、ちょっと聞きたいことがあっただけです！」

横須賀にまで自分の気持ちはばれているようだが、それでも緑子は必死にごまかして羽田の顔を盗み見た。だが彼はこちらの動揺など気にもしない様子で、普段と同じ穏やかな笑みを浮かべるだけだ。

そしてなぜか、何かを確認するような言葉を発したのだった。

「ありましたか、横須賀さん」

「ああ。全部試食させてくれたよ」

聞かれた横須賀も笑顔で頷き、持っていた紙袋を掲げてみせる。

「ちょうどいい。立ち話もなんだから、座ってモノを見てくれ」

紙袋から小さなタッパーを取り出しながら、横須賀はイートイン用の手近なテーブル席に着くよう全員を促した。羽田本人はもちろん一緒に現れた賀那子も、彼が言うところの「モノ」については承知している表情だ。ただひとり、事情がさっぱり飲み込めない緑子も、とりあえず皆に従って羽田の隣に腰を下ろす。

横須賀からタッパーを受け取った羽田が、蓋を開けて小さく頷いた。

「良かった。結構、種類もあるんですね」

「おう。なかなか詳しい店だったぞ。店長さんがやっぱり、そういう人と接した経験があるんだそうだ。サンプルも快く分けてくれた」

タッパーの中身は、何種類ものパンの欠片だった。横須賀が言うとおり、試食用のサンプルだろう。

「あ！」

サンプルの中にバゲットらしきものも認めた緑子は、ある光景を思い出した。

八か月前、羽田と初めて出会った日の光景を。

「社長、それひょっとして、グルテンフリーのパンですか？」

「正解だ。よくわかったな、グリーンちゃん。やはりトレーナーさんと付き合ってると、栄養学にも詳しくなるんだなあ」

「付き合ってませんっ！」

例によって素早くつっこむと同時に、残念ながら、と声に出さず付け加える。

お約束のようなやり取りに、そっと隣を見ると羽田も笑ってくれていた。

「そうなんだ、一色さん」

緑子がつっこんだ部分には触れず、羽田が語り始める。

「俺が今日ここに来たのは、横須賀さんと一緒にグルテンフリーとかの、気になる食材の有無を調べるためなんだ」

「じゃあ、さっき食べてたケーキも？」

「うん。あれも米粉を使った、グルテンフリーのクリスマスケーキだって言うから、食べさせてもらった。おいしかったよ」

「そ、そうだったんですね」

早とちりして勝手に怒りまくっていた自分の行動を思い出し、緑子は真っ赤になった。穴があったら入りたい。そんな後輩を見て、賀那子がにやりとする。

「緑子ちゃんには、羽田さんがミニスカのお姉さんと、浮気してるように見えたらしいですけどね」

「ちょ……！　見てたんですか⁉」

「うん。感動の再会を邪魔しちゃいけないと思って、社長と棚の陰からこっそり。そうしたら感動どころか、いきなりお説教始めるんだもん。こりゃだめだと思って、タイミングを見計らって出てきたってわけ。ちなみにあたしも、ここに来る途中で社長から、おふたりの食材探しの件について教えてもらったの」

「愛情深いのはわかるが、見境なしに説教は良くないぞ、グリーンちゃん。男を摑まえておく秘訣は――」

「違うって言ってるじゃないですか！」

真面目な顔で賀那子に同調する横須賀をすかさず遮ったところで、笑ったままの羽田がさらに詳しく事情を説明する。

「いわゆる小麦アレルギーは、一色さんと初めて会ったときみたいな子どもだけじゃなく、大人にも出ることがあるんだ。こればっかりは体質だから仕方なくて、体に気を遣っているアスリートにも、そういう人はいる」

そうして彼が例に挙げたのは、緑子でも名前を聞いたことがある、現在世界ランク一位の有名テニス選手だった。

「へえ」

頷きながら緑子は、嬉しくもあった。自分との出会いを、羽田もしっかり覚えていてくれたのだ。

「ああいう人たちもグルテンフリーのパスタやパンで、炭水化物を取っているそうだよ」

「そうなんですね」

「だから俺は横須賀さんと一緒に、その手の食材を探してるんだ」

「え？」

何気なく続けられた台詞に、今度はきょとんとしてしまった。どういう理由で「だから」なのか、いまいちよくわからない。

目を丸くする緑子を見て、羽田が「ああ、ごめん。また説明不足だったね」と頭に手を当てた。賀那子と横須賀も、なぜか面白そうな顔をする。

「グリーンちゃん。俺と輝くんはグルテンフリーの他に、ハラル食材もここで探してたんだ」

「ハラル食材？」

補足する横須賀に聞き返すと、賀那子の方が教えてくれた。

「イスラム教の人も、安心して食べられる食材のことよ。イスラムの戒律《かいりつ》で食べることを禁じられてる、豚肉由来の原料とかアルコールを使っていないものね。例えば一般的なお醤油には、保存料としてアルコールがちょっとだけ添加されてたりもするから、きちんとハラル認証を受けたものがあれば安心なの」

「ああ！　聞いたことあります」

そういえば、そんなニュースを見たことがあった。文化が違うと、いろいろと大変なんだなあと思ったものだ。

「ハラル食材もまた、アスリートのためになるんだ。もちろん必要としているのは、アスリートだけじゃないけど」

あとを受けた羽田の言葉に、緑子はもう一度首を傾げた。グルテンフリーやハラルについてはわかったが、なぜそれを羽田が探すのだろう。トレーナーとして、小麦アレルギーやイスラム教徒の選手を担当することになった？　だとしたら、なぜ横須賀も一緒に？

クエスチョンマークを浮かべ続ける緑子の顔を、羽田はしっかりと見つめてきた。真っ直ぐに視線を合わせて何かを教えてくれる、緑子の好きなあの表情だ。

「一色さん。来年は何年？」

「え？　二〇二〇年ですけど……あっ！」

自分の声で、緑子はようやく思い至った。

「オリンピック！」

「そういうこと。この街も東京オリンピックでは、事前のキャンプ地になるんだ。そうじゃなくても、さいたま市内に近いからバスケットボール会場のアリーナや、射撃種目で使われる自衛隊訓練場なんかにアクセスしやすい。ってことは必ず、選手やお客さんが大勢訪れるよね」

「そっか！　中には小麦アレルギーの人がいるかもしれないし、イスラムの人はほぼ確実にいますもんね！」

ぽんと手を叩く緑子に、羽田だけでなく賀那子と横須賀も頷いた。

つまり羽田と横須賀は、七か月後に迫った東京オリンピックのために、ここでグルテンフリーやハラルの食材を探していたのだ。

「夏に知り合えたこともあったし、横須賀さんから手伝いを頼まれたんだ。グルテンフリーやハラル食材の充実度合いを、トレーナー目線で見てほしいって。もちろん、うちの会社からもＯＫはもらってる」

「そうだったんですね」

笑顔で頷き返した緑子だったが、「あれ？」と気がついた。

「でもなんで社長が？　うち、オリンピック関連のお仕事もすることになったんですか？」

喋りながら、別のことも思い出す。

「それに社長、羽田さんのことを名前で呼んでましたよね？　輝くんって」

私はまだ呼んだことないのに、というひとことを飲み込みつつ重ねて聞くと、「おう、じつはな」と横須賀はさらりと答えた。

「昔、世話になったことのある陸協の副会長さんから、正式に依頼を受けたんだ。今はスポーツ庁でかなりの地位にもいるかたでさ。オリンピックで世界中から訪れる人をおもてなしするために、政府はキャンプ地や会場付近で売ってる食材に関しても調査中なんだそうだ。で、この地域はうちが下請けで担当することになった。いずれはグリーンちゃんや賀那子ちゃんにも頼むだろうから、よろしく頼むぞ」

「あ、はい！」

緑子の胸に、ちょっぴり誇らしい気持ちが湧き上がった。それこそ草の根レベルの活動だが、世界的なスポーツイベントのために自分も栄養関連の手伝いができる。『食育の忍者』を目指す身としても、やり甲斐のある仕事だ。

それにしても、横須賀の人脈はどこまで広いのだろう。東京オリンピックの関係者にまで知り合いがいるとは。

「陸協って……日本陸上競技協会ですよね？」

緑子が確認すると、横須賀はまたしてもさらりと説明した。

「そうだ。でもって陸協の副会長さんが、食品販売の現場にも詳しい自分の息子を預けるから、助手として好きに使っていいとも言ってくれたんだよ。よくよく聞いたら、息子さんの方も知ってたんだけどな」

「へえ。そんな人が――」

流れのままに感心しかけたところで、緑子は固まる羽目になった。呆然としながら首を動かす。

視線の先で、彼が照れ臭そうに口を開いた。

「うん。それ、俺のことなんだ」

「マジですか⁉」

「マジらしいわよ。あたしも、それ以上は聞いてないけど」

目を見開く緑子に、賀那子が笑って肩をすくめた。なんと彼――羽田は、日本陸上競技協会副会長にしてスポーツ庁幹部という人の息子だったらしい。

「そ、そんなの、ひとことも教えてくれなかったじゃないですか！　あたしのスマホには、まだメモされてません！」

意味のわからない緑子の抗議にも、今日何度目かの「ごめん」とともに、やはり恥ずかしそうな答えが返ってくる。

「別に、自分から言うことでもないしね」

「それはまあ、そうでしょうけど」

軽く頰をふくらませると、ようやく羽田はいつもの落ち着きを取り戻して、今度は自分から語ってくれた。

「親父の影響もあって俺、高校まで陸上をやってたんだ」

「えっ」

「一応インターハイまでは出られたけど、自分がたいした選手じゃないっていうのはわかってた」

「…………」

「でも将来はスポーツの世界で仕事がしたい、今度は選手を支えるようなことをしたいってずっと思ってたから、大学からトレーナーの勉強を始めたんだ。もちろん親父も理解してくれて、どうせ学ぶなら本場でやれって、むしろ強制するぐらいの勢いでアメリカにも行かせてくれた」

「そう、だったんですか」

一転して複雑な光を宿しかけた緑子の目を、彼の視線が捉える。

「一色さん」

「は、はい」

「俺の専門は短距離だったけど、二年で出させてもらったインターハイで、一年生なのに女子三千メートルで表彰台に立った、すごい選手がいたことを覚えてる」

「…………!!」

「その子はちょっと変わった、でも覚えやすい名前だった」

はっとしている緑子の名を、羽田はもう一度呼んだ。優しい笑みで。優しい声で。

「相模《さがみ》洋光《ようこう》学園陸上部。一色緑子さん」

4

「……知ってたんだ。あたしが、陸上やってたこと」

小さな声で緑子は答えた。一瞬だけ敬語が消えたのは、つぶやくように、自分に言い聞かせるように口を開いたからだろうか。

羽田の言葉は、紛れもない事実だ。緑子はかつて陸上選手だった。それも、将来を嘱望されるレベルの。

けれども、今は走っていない。本気でスポーツに向き合っていない。

伏せかけた瞳を支えるように、切れ長の目がもう一度こちらを覗き込んでくる。

「うん。知り合ってすぐにわかった。ああ、あの子だって」

「でもあたし、今はもう走ってません。それどころか、なんにもスポーツしてません」

「それも知ってる」

「え」

変わらない穏やかな口調で言われ、緑子は顔を上げた。視界の端では、賀那子と横須賀もそっと自分を見守ってくれている。

優しい声のまま、羽田は続けた。

「インターハイから半年も経たないうちに、君が表舞台から姿を消したことも知ってる。俺は東京の高校だったけど、他の地域からも選手が来るようなちょっと大きい大会や記録会に行ったときは、またあの子の走りが見られるんじゃないかと思って、中長距離のレースもずっと気にしてたんだ。でもあれ以来、一色緑子さんの姿を見かけることはなかった」

「はい……。走るのを辞めたのは、インターハイのあとすぐですから」

「みたいだね、って？」

緑子が聞き返すと、羽田はまた照れたような表情になった。

「あれほどの選手が急にいなくなったんだ。気になった俺は、親父に頼んで調べてもらった。洋光学園で自分より一学年下の、一色さんていう女の子は今どうしてるのかって」

「えっ？」

思わぬ告白に、緑子は丸い目でおかしなことを確認してしまった。

「は、羽田さんて、あたしのストーカーだったんですか？」

「違うよ！」

コントのようなやり取りに、賀那子と横須賀が顔を見合わせて笑う。

ふたりにちらりと目をやった羽田は、さっき以上に恥ずかしそうな顔で言った。

「一目惚れ、したから」

「…………!!」

さらなる想定外の言葉に、緑子は酸素を求める金魚のように、口をぱくぱくさせるしかない。言葉が出てこない。

「え、えっと、あの、その、一目惚れっていうのはつまり、一目で惚れていただいたということですよね？」

ようやく口にしたおかしな日本語に、だが羽田は律儀に「うん」と答えたあと、開き直ったような笑みを向けてきた。

「君の走りに」

「……はい？」

あれ？　それってつまり、あたし自身じゃないってこと？　あ、いや、走ってるのもあたしだけど、でも『あたし』と『あたしの走り』って微妙に違うよね？　ようするに羽田さんが見てくれたのは、あたしじゃなくて走りのあたし？　ていうか『走り』って何よ!?　そんな人格ないってば！

頭がますます混乱してきた緑子を見つめながら、羽田は何かを思い出すような表情で嬉しそうに語り続ける。

「速いだけじゃなくて、見てててすごく気持ちのいい走りだったから。スピードに乗るのが楽しそうで、全力を出すことがとっても嬉しそうで。変な言いかただけど、レースっていうより〝子どもの駆けっこ〟って感じがしたんだ」

「は、はい」

率直に褒められた緑子はやっと自分を取り戻して、こくこくと頷いた。

「一色さん、実際、走りながら笑ってなかった？」

「ああ、はい。たぶん」

羽田の言うとおりだった。緑子は全力で、無心で走るのが好きだった。

頬を撫で、髪をなびかせる風の感触。弾むように、押し出すように、まるで自分を元気づけるように跳ね返ってくる地面の感触。このまま息が切れなければいい、このまま
もっと速く、ずっと遠く、遥か彼方まで走っていきたいと試合のときはいつも思った。

そう。試合でだけは。

「あの頃のあたし、試合してるときだけが楽しくて」

自身も当時を思い返した緑子の口から、言葉がこぼれる。

試合だけが楽しかった。練習よりも試合だけしていたかった。試合のトラックを走っている間だけは、誰にも強制されないから。縛られないから。

体も。心も。

中学時代に才能を見出された緑子は、スカウトされて神奈川県の名門、相模洋光学園に進んだ。

スポーツ強豪校として全国的に知られる洋光学園は、たしかに素晴らしい環境だった。タータントラックと美しい芝生を完備した陸上競技場。様々な機器が揃ったトレーニンググルーム。全国から集まる一流のジュニアアスリートたち。

そして緑子は、そこでも能力を発揮した。入部して最初の記録会で、チームトップのタイムを叩き出したのだ。

並み居る先輩たちを抑えて先頭でゴールした自分に、みんな驚いてくれた。心から褒めてくれた。

「あなたに勝つのは、不可能ね」

当時の女子キャプテンが苦笑しながら宣言したひとことが、そのまま部内でのふたつ名になった。『ミッション・インポッシブル』。イニシャルと掛け合わせた、面白いネーミングだったと自分でも思う。でも。

「あたし……」

何かを続けようとしたところで、そっと言葉が被せられた。

「君が走るのを辞めた詳しい事情までは、さすがに知らない」

伏せかけたつぶらな瞳をもう一度視線で支えるようにして、羽田もまた「でも」と続ける。

「でもきっと、指導者やトレーニング方法が合わなくて、どこかに怪我をしてしまったんじゃない？　体だけじゃなくて、心にも」

「……はい」

緑子は素直に頷いた。なぜだかわからないけれど、自分がほんの少しだけ微笑んでいるのがわかる。

ああ、この人はなんでもお見通しなんだ。本当にあたしを見ていてくれたんだ。真っ直ぐな目で、優しい笑顔で、いつも。

「一年生のうちから結果を出したことで、顧問の先生や学校、ＯＢ会はあたしに大きな期待をかけてくれました。洋光学園が直近の何年か、全国で活躍する選手を出せていなかったこともあると思います」

「けどそれが、心身ともに大きなプレッシャーになってしまったんだね」

「はい」

プレッシャー＝圧力という言葉の意味を、あれほどリアルに実感させられるのは、あとにも先にも人生であの数か月だけだろうと緑子は思う。

来る日も来る日も機械のように管理され、言われるがままに過酷なトレーニングを繰り返す日々。「期待しているぞ」、「頑張って」、「将来はオリンピック選手だね」等々の言葉に、張りついた笑顔で応え続ける毎日。

もっと練習しなければ。もっと自分に厳しくならなければ。もっと速く。もっと強く。もっと。もっと。もっと……。

十五歳の少女がそんな状態で毎日を過ごし、実業団選手のような激しい量のインターバル走や、後半に向けてスピードを上げる過酷なビルドアップ走を繰り返していたのだ。同時に、その異常さに気づく指導者もいなかった。

壊れるのも当然だった。

インターハイが行われた夏休みには、緑子はすでに生理が止まっていた。あとから知ったことだが、オーバートレーニングによる体重・体脂肪の極端な減少や心身のストレス、ホルモンの分泌異常によって引き起こされる、ずばり『運動性無月経』という立派な疾患だったらしい。

にもかかわらず全国で三位になってしまったことで、緑子は足を止めるチャンスを失った。そしてインターハイから二週間後の練習中、両方の脛からパキっという乾いた音が聞こえてきたのだ。

疲労骨折だった。

レントゲン写真や検査結果を説明するスポーツドクターの、痛ましそうな表情と声が甦る。

「完全な骨粗しょう症です。これじゃあ、七十歳の骨ですよ。走るなんて、とんでもありません」

骨とともに、心まで折れた気がした。

陸上を辞めた経緯を、緑子は穏やかな口調で羽田に伝えた。賀那子にすら明かしていないことだが、自分でも意外なほど冷静に話すことができたのは、彼の方がいつもそうやって何かを教えてくれるからだろうか。

「もちろん今は骨も治ったし、お陰様で体も心も元気ですよ。ただあれ以来、本格的に体を動かしてないっていうだけで」

羽田だけでなく、ずっと聞いていてくれた賀那子と横須賀にも視線を向けながら、緑子は笑ってみせた。言葉のとおり無理した笑顔ではなく、あくまでも自然な表情で。

「なるほどね。どおりで緑子ちゃん、スタイルいいわけだわ。あたしのこの、二キロ増えた脂肪を分けてあげたいのに」

「辞めてから、七年も経ってますってば」

いつもと同じ調子で言ってきた賀那子に、緑子も軽い口調で返す。同時に、胸の内で深く感謝した。面倒見のいい彼女らしく、自分を気遣っての台詞だということがよくわかったからだ。そしてそれは、横須賀も同じだった。

「グリーンちゃんも、いろいろあったんだなあ。そういや入社面接のとき、たしかに履歴書に相模洋光学園って書いてあったような気がするな。あれは見間違いじゃなかったんだな」

「社長。つまりそれ、履歴書を熱心に見てないってことですよね」

「おう。見るのは顔写真と、賞罰のところだけだ。あとは直感だな、直感。俺とフィーリングが合いそうな子しか、うちは採用しないから」

じろりと賀那子に睨まれたものの、横須賀は分厚い面の皮で視線を跳ね返し、堂々と言ってのけている。ちなみに緑子は、履歴書にもインターハイの入賞歴は記入していない。ふたりのやり取りに、緑子だけでなく羽田の顔にもさらに大きな笑みが浮かんだ。

この会社に入れて良かった。この人たちに出会えて、良かった。

緑子が心から思ったところで、羽田がまた自分を見つめてきた。

「一色さん」

「は、はい！」

ほんと、真っ直ぐ目を合わせるのよね。あたしじゃなくても勘違いしちゃう子、絶対いるんじゃないかしら。

　少しだけドキリとしながらも、そんなことを考える余裕が緑子にはあった。

　もう大丈夫。彼に隠していることはない。ありのままの自分を、見てもらいたい。

「俺はトレーナーとして、一色さんみたいな想いをする人たちを少しでも減らしたいんだ。もちろんアスリートだけじゃない。勉強しているスポーツ科学や栄養学の知識を、ひとりでも多くの人に役立てたいって思ってる」

「はい」

「駆け出しの俺が今からオリンピック選手団のトレーナーになったり、大きな影響力を持つことは難しいけど、でもこうやって、自分にできる範囲で手伝えることを一生懸命やっていきたい。世界中から集まる、たくさんのアスリートやお客さんが安心して食べられる食材のありかを把握して、リストづくりに協力すること。それが今の俺にできる、大切な仕事なんだ」

　瞬きひとつせず熱を込めて語る姿に、緑子はいつかと同じ感想を抱いた。

　うん。こっちの方がいい。こういう彼を、もっと見ていたい。

　温かな気持ちとともに笑みが、明るい声が、自然に溢れてくる。

「やっぱりすごいです、羽田さんは。東京オリンピックに来てくれる選手や観光客の人たち、きっと喜びますよ」

「ありがとう。一色さんにそう言ってもらえると、嬉しいよ」

「いえ。あたしも、誰かの役に立てるようにならないと」

　すると羽田は、「何言ってんの」と小さく肩を揺すって笑った。

「一色さんにだってできるよ。ていうか、もうやってるでしょ」

「え？」

「一色さんだって、マネキンなんだから。いつか言ってたよね、立派な忍者になるって。あれってつまり、食育を草の根で伝えていく人ってことじゃない？」

「あ！　そうです、そのとおりです！」

　目を見開いた緑子は、何度も頷いた。そうだ。よく考えたら、いや、考えるまでもなく、自分の仕事も彼と多くの部分で重なっている。ほんの少しかもしれないけれど、食育を通じて誰かの役に立つことができる。かつての自分のような人を支えられる。

　それがマネキン。それが、食育の忍者。

「これからも一緒にやろうよ、食育。マネキンの仕事しながら、近くで一緒に立ちながら、たくさんの人に正しい栄養知識やその人にあった食事をアドバイスしていこうよ。ね、忍者さん」

出会ったときよりも親しみやすくなった笑顔に向けて、緑子はますます元気に頷いた。

「はい、喜んで！　ふつつか者ですが、末永くよろしくお願いします！」

おかしな返事にしっかり反応したのは、賀那子と横須賀である。

「緑子ちゃん、それ、プロポーズの返事よ」

「なんだグリーンちゃん、それ、俺たちに証人になれってことか？」

「ななな、何言ってるんですか！　今のはつい気持ちが入ってというか、感謝を込めてというか……」

気づいた緑子は、あわてて頭と両手を振った。羽田を見ると、もはや慣れた様子で苦笑しているだけだ。

その笑みが背中を押してくれたように感じて、緑子は勇気を出して彼に告げた。

「あの、羽田さん。ちょっと相談があるんですが」

「うん。何？」

「じつは、あたし――」

よろしくお願いします、と言えたついでだと自分に言い聞かせながら続ける。

「また、走ってみようかなって思ってるんです」

「本当⁉」

「はい。前に羽田さんも、勧めてくれたし」

嬉しそうに顔を輝かせる羽田に緑子は、はにかむように答えた。

マネキンの仕事をしていく中で、そして彼と時間を過ごす中で芽生えた、素直な想いだった。

今の自分は高校の頃とは違う。周りには頼りになる、こんなにすてきな人たちがいる。賀那子がいて、横須賀がいて、羽田がいてくれる。この人たちと一緒なら大好きだったあの感触を、頬を撫でる風や弾むような地面の感触を、ふたたび心から味わえる気がする。与えてくれる温かい環境や正しい知識とともにスポーツを、走ることを、もう一度楽しめる気がする。

秋に羽田からジョギングを勧められたとき、緑子は「ちょっと苦手かも」と言ってしまった。でも。

「自分の気持ち、ずっとごまかしてました。心の底ではあたしも、もう一度走ってみたかったんです。マダムのお孫さんや、サッカー場の子どもたちや、剣道部の子たちみたいに真剣に、楽しく好きなスポーツに取り組んでみたいって」

それはまさに、目の前にいる彼から教わったことだった。好きなことに真摯に向き合い、努力する過程を楽しむ気持ち。スポーツの本来のありかた。

「うん」

優しく頷く羽田の目を見つめ返して、緑子は自然と口にした。

「好きなんです」

「え？」

一瞬、呆気に取られたような顔をされたので、あたふたと付け加える。

「いえ、その、走ることがです！」

「ああ、うん」

ほんの少しだけ残念そうな声に聞こえたのは、気のせいだろうか。傍らで賀那子と横須賀がなぜか、「惜しい！」という形に口を動かしているが、あえて気づかないふりをしておく。

笑みを取り戻した羽田がもう一度、力強く首を縦に振った。

「応援するよ。もちろん俺にできることなら、なんでもサポートするから」

「はい！　ありがとうございます！」

緑子も笑顔を返したところで、横須賀が「走るといえば」と声をかけてきた。

「クリスマスに、皇居の周りでチャリティマラソンがあるぞ。輝くん、知らないか？」

「ああ、毎年やってるやつですよね」

「そうそう。あれのスポンサー会社にも、知り合いがいてな。うちからも参加しないかって誘われてたんだ。ちょうどいいから、グリーンちゃんとふたりで出ればいいじゃないか。たしか、カップルの合計タイムで競うコースとかもあったはずだ」

「カ、カップルって……！」

リアクションに困る緑子に、賀那子までおどけた調子でけしかけてきた。

「良かったじゃん、緑子ちゃん！　ユー、カップルで出ちゃいなヨ！」

「賀那子さん！」

どこの芸能事務所ですか！　と言葉遣いにまで律儀につっこみそうになった一方で、なんと羽田がさっさと返事をしている。

「いいですね。じゃあ、ぜひお願いします」

「え、いいんですか？」

一緒に走ることについてか、カップル呼ばわりについてか、自分でもよくわからないままに緑子が確認すると、「もちろん」と即答された。

「一色さんの復帰レースだし、トレーナーとして一緒に走らせてもらうよ。だめかな」

「いえ、ありがとうございます！　嬉しいです！」

間髪容れずに答えた緑子だったが、さり気なく「……トレーナーとして、かあ」と口の中でつぶやいたのが聞こえてしまったらしい。

「一色さん？」

「あ、なんでもありません！」

あわてて答えてから、緑子は切れ長の目を見つめ返した。

いつもの彼のように、真っ直ぐに。

抱いている想いを込めて。

「忍者の、ひとりごとです！」

子どもの頃から、走るのが好きだった。

もっとスピードに乗りたい、もっと風を感じたいと、いつも思っていた。

その気持ちを取り戻すのは、もとどおりになるのは不可能じゃなかった。『ミッション・インポッシブル』じゃなかった。

人と違う自分はもういない。代わりに、人に寄り添いたい自分がいる。人に伝えたい自分がいる。忍者みたいにひっそりと、おいしいものや体にいいものを勧めながら。

そして、寄り添ってほしい人もいる。


並んで立つスタートライン。冬晴れのクリスマス。

隣に立つトレーナーさんが、にっこりと言ってくれる。

「一目惚れした走り、また見せて」

「はい！」

少しでもチャーミングに見えますように、と願いつつ笑顔を返したところでピストルが鳴った。

私はまた、走り始める。

Fin.

あとがき

「初めまして」の方も「お久しぶりです」の方も、『ご試食はいかがですか？　～店頭販売は伊達じゃない～』をお手に取ってくださり、どうもありがとうございます。迎《むかえ》ラミンです。

テーマパークを舞台にしたデビュー作とは一転して、今作では女性主人公の目を通じて、マネキン販売員のお仕事を描かせていただきました。

作中でも触れていますが、「マネキン」といってもファッション関係ではなく、スーパーやイベント会場によくいらっしゃる、いわゆる試食販売員の方です。

子どものような純粋さをすっかり失った今では（?）、試食・試飲イベントを見かけて「おいしそう！」と思っても、素直に声をかけられなくなりましたが（苦笑）、マネキンさんたちが老若男女の様々なお客さんに対して常に笑顔で接し、商品や関連する栄養についても詳しく説明する姿には、「プロだなあ」「凄いなあ」といつも思わされます。

知らない人が見れば、ただ物を売っているだけの売り子さんかもしれない。けれど裏側にはしっかりした知識やスキル、そして仕事への誇りを持ち、なおかつそれらを必要以上にひけらかさない謙虚な姿。

売り子さんという言葉を変えれば、これはどんな職業にも相通じる、プロフェッショナルとしての在りかたではないでしょうか。

本書をきっかけに皆様がそうしたすてきなプロフェッショナルに出会ったり、お仕事や勉強、日々の生活の中で「自分も頑張ろう！」と少しでも明るい気持ちになってくださったなら、作者自身はもちろん、緑子や羽田、賀那子、横須賀たちも嬉しい限りです。

最後になりましたが、編集担当の山田様、須川様、マイナビ出版の皆様、そして美しいカバーを創りあげてくださった、イラストレーターのななミツ様とデザイナー様にも、心より御礼申し上げます。本文中の栄養学やスポーツ科学に関する記述は、すべて著者の責任によるものです。

物語を紡ぐプロフェッショナルの末席として、私もより一層の努力を重ねてまいります。またどこかの物語で、皆様に再会できますように！　それでは。

二〇一九年夏　　迎ラミン

この物語はフィクションです。
実在の人物、団体等とは一切関係ありません。
本書は書き下ろしです。

■参考文献
『百科事典マイペディア』（平凡社）

迎ラミン先生へのファンレターの宛先

〒101-0003　東京都千代田区一ツ橋2-6-3　一ツ橋ビル2F
マイナビ出版　ファン文庫編集部
「迎ラミン先生」係

Fan
ファン文庫

ご試食はいかがですか？
～店頭販売は伊達じゃない～

2019年7月20日　初版第1刷発行

著　者　　迎ラミン
発行者　　滝口直樹
編　集　　山田香織（株式会社マイナビ出版）、須川奈津江
発行所　　株式会社マイナビ出版
〒101-0003　東京都千代田区一ツ橋2丁目6番3号　一ツ橋ビル2F
TEL　0480-38-6872（注文専用ダイヤル）
TEL　03-3556-2731（販売部）
TEL　03-3556-2735（編集部）
URL　http://book.mynavi.jp/

イラスト　ななミツ
装　幀　堀中亜理＋ベイブリッジ・スタジオ
フォーマット　ベイブリッジ・スタジオ
DTP　富宗治
校　正　株式会社鷗来堂
印刷・製本　図書印刷株式会社

Fan
ファン文庫

アパレルガールがあなたの洋服をお選びします

ファッション・ごはん・スイーツ！
神戸が舞台のお仕事奮闘記！

お洒落が大好きな朱音は、神戸にある人気アパレルショップで働いている。空気が読めない新人や少しきつい性格の店長に挟まれ人間関係に悩む日々。

著者／文月向日葵
イラスト／くじょう